Das Christkind

wohnt in Hütte 7

★ Ein weihnachtlicher Kurzroman ★

Franziska Erhard

Das Christkind wohnt in Hütte 7

1. Auflage Oktober 2015

Die nachfolgende Geschichte und ihre Protagonisten sind allesamt Produkte meiner Phantasie. Ähnlichkeiten mit real existierenden Personen sind zufällig und nicht beabsichtigt.

✶ Für alle, die noch an Wunder glauben
(oder es zumindest gerne tun würden) ✶

* Kapitel 1 *

»Wunderbar, dann ist das also abgemacht: Sie sind dieses Jahr unser Christkind.« Rosie Bell strahlte Sophie an, die sich bemühte, wenigstens einen Teil dieses Strahlens auch auf ihr eigenes Gesicht zu zaubern.

»Schön, ich freue mich. Wer wäre nicht gerne mal das Christkind?«

Rosie nickte. »Ja, und Sie werden großartig sein. Wie könnte es anders sein, Nomen est Omen, wie ich immer zu dem guten Herrn Bell, Gott hab ihn selig, sagte.«

Sie nickte zu diesen Worten mit ihrem Kopf, dass die kurzen, silbergrauen Löckchen nur so flogen.

»Noch nie haben wir derartig lange nach unserem Christkind gesucht wie dieses Jahr. Nun, es wird sowieso ständig schwieriger, Mitarbeiter für den Weihnachtsmarkt zu finden. Und die meisten wollten lieber Wichtel oder so etwas sein. Ist das zu verstehen? Das Christkind ist doch die leuchtende Figur dieser Zeit, oder nicht? Und Sie können von Anfang an dabei sein, habe ich das richtig verstanden?«

Sophie nickte nun ebenfalls. »Natürlich.«

»Gut, dann sehen wir uns nächsten Montag. Hütte 7, das sind wir. Die Hütte mit dem Christkind«.

Es ist ein Job, dachte sie, als sie auf den Bus wartend

im Nieselregen stand. Kein besonders toller, aber er brachte Geld. Und Geld brauchte sie wirklich. Und dafür das Christkind zu spielen war nur eine weitere, folgerichtige Entwicklung dieses blöden Jahres. Wenn Sophie zurückdachte, wurde ihr ganz schlecht. Wie fröhlich und zuversichtlich war sie in dieses Jahr gestartet, und welche Talfahrt hatte sie dann erlebt.

Letztes Jahr hatte sie Weihnachten in ihrem Haus gefeiert, mit einem großen Weihnachtsbaum, unzähligen Geschenken, und vor allem mit Christian. Die Zukunft hatte wunderbar und rosig vor ihnen gelegen. Christian hatte begeistert von seinem neusten Projekt erzählt. Er wollte sich selbstständig machen, als Coach, Führungsseminare, Mitarbeitermotivation, lauter solche Dinge. Er hatte Kontakte geknüpft, einen Businessplan erstellt, Präsentationen gebastelt. Der Start war vielversprechend gewesen. Natürlich war er nun nicht mehr so oft zu Hause, er musste auch weite Anreisewege in Kauf nehmen, aber darüber hatten sie gesprochen. Sophie wollte alles tun, um ihn zu unterstützen, und sagte nichts, als sie immer öfter und für immer längere Zeit mit Pauline alleine war.

Und dann begann alles schief zu laufen. Die Aufträge wurden spärlicher. Christian wischte ihre Sorgen beiseite. Sein Honorar wäre hoch genug, um die Ausfälle aufzufangen. Sophie kam gar nicht auf die Idee, dass ein Neueinsteiger sicher nicht die großen Beträge bekam, von denen er sprach. Zumal Christian selbst guter Dinge zu sein schien. So war er schon von jeher gewesen, zuversichtlich und strotzend vor Energie. Und schön. Für Sophie war er der bestaussehende Mann gewesen, den sie kannte. Und sie war auch nach fünf Jahren Ehe noch immer jeden Tag darüber erstaunt gewesen, dass ein Mann wie er sich in sie verliebt hatte.

Der Bus kam, und Sophie erwachte aus ihren Gedanken. Wenn sie zu Hause war, musste sie noch zwei Bewerbungen schreiben, ehe Pauline aus dem Kindergarten kam. Und die Weihnachtskarten waren ebenfalls noch nicht gestaltet. Sie schluckte. Die erste Karte, auf der nur sie und Pauline zu sehen wären. Aber sie hatte es versprochen, und sie würde Christian nicht die Genugtuung gönnen, dieses Jahr keine Karten zu verschicken.

Jedes Jahr, seit Pauline auf der Welt war, hatte sie liebevolle, witzige Weihnachtskarten designt. Die ganze Familie als Weihnachtsmänner, in Christbaumkugeln sitzend oder als Weihnachtscomic. Letztes Jahr hatten sie alle diese bescheuerten Weihnachtspullis getragen. Christian hatte einen grünen mit Rentierkopf, sie einen roten mit einem Wichtel, und Pauline einen weißen mit dem Rentierschlitten des Weihnachtsmannes, inklusive Glöckchen und Glitzersternen. Pauline hatte diesen Pulli geliebt, und das ganze Haus hatte geglitzert, wenn sie darin herumgetanzt war. Für die diesjährige Karte hatte Sophie lange nach einer passenden Idee gesucht. Schließlich hatte sie resigniert und sich für Engel-Kostüme entschieden. Sie würde die Bilder noch etwas aufpeppen mit einem guten Hintergrund, dann wäre das Ergebnis sicher nicht allzu schlecht. Nur sie selber würde sehen, dass dieses Jahr die Vorfreude darin fehlte.

Als Pauline mit Ella und Claire zur Tür hereinstürmte, hatte Sophie gerade die Bewerbungen ausgedruckt und unterschrieben.

Ella warf mit Schwung die beiden Kindergartentaschen in die Ecke und zog sich die Mütze ab. Während sie sich nachlässig die halblangen, braunen Haare glattstrich, sah sie ihre Freundin fragend an. »Und, wie war es heute? Hast du den Job?«

Sophie nickte.

»Toll. Ich freue mich, dass es geklappt hat.«

»Hmm.«

Ella seufzte. »Es ist immerhin mal ein Anfang, oder? Und sicher findest du auch bald wieder etwas Festes.«

Sophie straffte sich und schob mit einer energischen Handbewegung die Unterlagen zur Seite. »Du hast Recht. Aber jetzt möchte ich erst einmal wissen, was ihr heute alles erlebt habt, meine Süßen.« Sie hob Pauline auf ihren Schoß und lauschte all den kleinen und großen Wundern, die vierjährige Mädchen im Kindergarten erlebten.

Später, als die Kinder in ihren Betten lagen, setzen sich die beiden Frauen wieder an den Küchentisch. Ella hatte eine Flasche Rotwein geöffnet und zwei Gläser auf den Tisch gestellt.

»Also, du bist jetzt das Christkind von Hütte 7?« Ella lehnte sich zurück und sah Sophie an. »Das passt. Die haben da jedes Jahr eines, und die sind immer perfekt. Nie tragen sie Perücken oder so.«

»Stimmt, Rosie war ganz begeistert von meinen Haaren.« Sophie strich sich die langen, blonden Locken aus dem Gesicht und nahm einen Schluck Wein.

»Eben. So authentisch wie möglich. Ah, ich liebe die Hütte 7. Die gab es schon, als ich noch ein Kind war, und wir waren jedes Jahr dort. Inzwischen gehe ich mit Claire hin, und jedes Jahr kaufen wir uns ein Teil dort. Nur eines, weil sie wirklich teuer sind. Aber jetzt, wo ich das Christkind persönlich kenne, bekomme ich ja vielleicht Prozente?« Sie grinste frech.

»Keine Ahnung, ich werde mal vorsichtig nachfragen. Aber ich habe da noch ein kleines Problem, Ella. Als Christkind kann ich nicht im Schichtbetrieb arbeiten. Ich muss also abends bleiben bis die Hütte schließt, und das kann lange dauern. Ich habe trotzdem zugesagt, weil ich dafür einen dicken Bonus bekommen, und da ich nicht weiß, wie lange es dauert, bis ich was finde...«

Ella winkte ab. »Pauline ist bei Claire und mir gut aufgehoben. Mach dir da mal keine Gedanken.«

»Danke, Ella. Ich weiß nicht, was ich ohne dich machen würde.«

»Du wirst sehen Sophie, ab jetzt geht es bergauf. Hütte 7 ist ein Märchenland, in dem noch echte Wunder passieren.«

Sophie nahm nachdenklich einen Schluck Wein. An Wunder glaubte sie schon lange nicht mehr.

* Kapitel 2 *

Als Sophie am Montagmorgen zum ersten Mal die Hütte 7 betrat, war von einem Märchenland nichts zu sehen. Kartons stapelten sich vor der Tür, Weihnachtsbäume wurden herangeschleppt, unzählige Menschen, vermutlich alles zukünftige Wichtel und Engel und Weihnachtsmänner, wuselten hin und her. Mitten in all der Geschäftigkeit stand Rosie. Sie begrüßte Sophie mit einem strahlenden Lächeln.

»Unser Christkind ist da. Sie können draußen anfangen, da müssen die Girlanden und die Lichterketten montiert werden. Christian wird Ihnen alles zeigen. Er ist mein Neffe und schon seit Kindesbeinen dabei.« Sie winkte einen sympathisch aussehenden Mann in den Vierzigern heran. »Das ist Sophie Engel, unser Christkind. Kannst du ihr zeigen, was zu tun ist?«

Er nickte und reichte Sophie seine Hand. »Willkommen in der Hütte 7. Dann kommen Sie mal mit, wir haben genug zu tun für alle.«

Die ganze Woche über herrschte reger Betrieb, um alles für die Eröffnung des Weihnachtsmarktes vorzubereiten. Sophie erkannte schnell, dass Ella Recht gehabt hatte. Der Weihnachtsschmuck, der hier angeboten wurde, war wunderschön und ließ keine Wünsche offen. Klassische Kugeln in den verschiedensten Farben, matt, glänzend oder mit Glitter bestreut, Baumspitzen und Sterne, und jede Menge Anhänger warteten auf Käufer. Besonders angetan hatten es Sophie die Figuren. Weihnachtsmänner, Engel, Tiere, es gab nichts, was es hier nicht gab.

Rosie klatschte in die Hände, und alle sahen sie erwartungsvoll an. »Vielen Dank euch allen. Hütte 7 ist wieder zum Leben erwacht, und das verdankt sie Euch. Morgen geht es endlich los, und nun ist es Zeit für die Kostüme.«

Ihre Augen strahlten, als sie nach einem großen Pappkarton griff. Sie zog ein Kostüm nach dem anderen heraus. Wichtel mit kurzen grünen Röckchen und rotweiß geringelten Strumpfhosen, Weihnachtselfen in braun und grün, und schließlich, als krönenden Höhepunkt, einen langen, schmalen Mantel. Er war weiß, mit goldenen Bordüren und schmalen Trompetenärmeln. Sophie atmete erleichtert auf. Wenigstens sah er nicht allzu kitschig aus. Sie nahm ihn entgegen, und die alte Dame bestand darauf, dass sie ihn anzog. Der Mantel passte wie angegossen, und Rosie seufzte zufrieden.

»Perfekt. Sie werden ein wunderbares Christkind abgeben, meine Liebe. Sie müssen wissen, in unserer Hütte passieren Wunder, und immer ist das Christkind darin verstrickt. Machen Sie sich also bereit, Ihnen kann in den nächsten Wochen alles mögliche passieren.« Sie zwinkerte, und Sophie lächelte höflich. Vermutlich wurde man so, wenn man sich ganz Weihnachten verschrieben hatte.

Am nächsten Tag packte Sophie ihren Mantel ein und machte sich zum ersten Mal auf den Weg, um als Christkind Weihnachtskugeln zu verkaufen. Pauline und Claire hatten mit großen, glänzenden Augen zugesehen, wie sie gestern Abend in dem weißen Mantel und mit offenem Haar die Küche betreten hatte. Ella hatte vor Begeisterung in die Hände geklatscht.

»Wunderschön. Ist sie nicht wunderschön, Kinder?«

Sophie hatte gelacht, langsam die Arme ausgebreitet und sich im Kreis gedreht. Ella hatte die Kamera geholt und Bilder gemacht.

»Diese Fotos solltest du nehmen für deine Karten, und nicht diese traurigen Engel in weißen Baumwollnachthemden!«

Sophie hatte folgsam genickt. Ob Engel oder Christkind, es würde etwas fehlen auf den Karten.

Dann hatten sie den Mantel sorgsam weggepackt, damit er keine Flecken bekam, und den letzten Abend genossen, den Sophie zu Hause sein würde. Wenn morgen der Weihnachtsmarkt öffnete, wären gemeinsame Abende dünn gesät.

Und nun stand Sophie zum ersten Mal in der Hütte

und wartete auf die Kunden, die bald kommen würden. Außer ihr waren noch drei weitere Mitarbeiter da. Rosie hatte ihr erklärt, dass die Wichtel allesamt Studenten wären und keiner von Ihnen wie sie die ganze Zeit arbeiten würde, sondern im Schichtdienst. Je nach Bedarf würden einer oder mehrere von Ihnen in der Hütte mithelfen. Zum Start des Weihnachtsmarktes waren sie eine relativ kleine Truppe. Eine kesse, kleine Wichtelin, die in ihrem kurzen Rock und der geringelten Strumpfhose verboten sexy aussah, und ein Wichtelmann mit brauen Hosen und grünem Wams, in dem sie Christian erkannte. Und natürliche Rosie. Sie trug ein rotes Samtkleid, welches an den Ärmeln, am Hals und am Saum einen weißen Besatz hatte. Auf den grauen Locken saß keck eine rote Mütze.

»Ja, früher einmal war ich das Christkind. Nun bin ich, ach, ich weiß nicht was, die Mutter der Wichteln und Elfen. Ganz sicher nicht die Frau des Weihnachtsmannes. Wir in Hütte 7 glauben an das Christkind, nicht an diesem amerikanischen Unsinn.« Sie schüttelte sich vor Lachen. »Dann wollen wir mal loslegen. Auf dass der Zauber der Weihnachtszeit von uns in alle Herzen getragen wird.«

Sophie nickte, obwohl sie keinerlei Zauber in ihrem Herzen fühlte. Früher hatte sie diese Zeit ebenso geliebt wie Rosie. Die glänzenden Lichter in den Fenstern und

Bäumen, die funkelnden Dekorationen und die kleinen und großen Geheimnisse hatten in ihr eine kindliche Freude geweckt. Sie hatte Pauline lachend in den Wagen gepackt und war stundenlang mit ihr durch die Stadt gewandert, um die liebevoll dekorierten Häuser zu bestaunen. Am Wochenende waren sie zusammen auf den Weihnachtsmarkt gegangen, und während Pauline jauchzend im Kinderkarussell eine Runde nach der anderen drehte, hatte Christian seinen Arm um sie gelegt und ihr ins Ohr geflüstert: »Wünsch` dir was, der Weihnachtsmann möchte dich glücklich machen.«

Jetzt nur nicht an ihn denken, befahl sie sich. Die Tür flog auf, und die ersten Kunden betraten die Hütte. Sophie straffte sich und zauberte ein Lächeln auf ihr Gesicht. Sorgen machen würde sie sich später wieder. Jetzt war Showtime. Die Menschen wollten ein heiteres Christkind sehen, und sie würde diesen Wunsch erfüllen.

Sie lächelte, winkte, sprach mit den Menschen, und als sie abends endlich die Hütte verließ, atmete sie auf. Es hätte schlimmer sein können.

Zuhause erwartete Ella sie mit gespannter Miene. »Und, wie war dein erster Tag als Christkind?«

»Gut. Seltsam. Es war vollkommen anders, als ich erwartet hatte. Ich dachte, ich ziehe diesen Mantel an und lächle, und dann verkaufe ich diese teuren Weihnachtskugeln. Aber so war es gar nicht. Nicht nur. Ich meine, ich verkaufe sie natürlich, aber das ist nicht alles. Die Kinder, die da waren, das war großartig. Ihre strahlenden Augen, und ihre hoffnungsvollen Gesichter. Das war wirklich schön.«

Ella nickte. »Ich habe es dir doch gesagt, das Christkind von Hütte 7 ist etwas ganz besonderes, von jeher. Ich kann es kaum erwarten, bis ich mit Claire und Pauline zu euch komme.«

»Ja, sie werden es lieben. Sei mir nicht böse, aber ich muss ins Bett. Ich will morgen früh aufstehen, damit ich wenigstens noch ein paar Stunden mit Pauline habe.«

Ella sah ihr stumm nach, als sie die Küche verließ. Seit Sophie und Pauline bei ihr wohnten, war ihre Freundin völlig anders als früher. Aus der lebensfrohen, warmherzigen und witzigen Frau war eine nachdenkliche und ruhige Person geworden, und Ella wusste nicht, wie sie ihr helfen konnte.

* Kapitel 3 *

Der Job in der Weihnachtshütte hatte einen großen Vorteil: Es blieb wenig Zeit zum Nachdenken. Die Menschen drängten sich in der kleinen Bude, und die Kasse klingelte unablässig. Hatte Sophie sich anfangs noch gefragt, ob sie zu viert nicht überbesetzt wären, so hatte sie ihre Meinung schnell geändert.

Kinder kamen mit staunenden Augen und wollten sie berühren oder fragen, was das Christkind mache, wenn der Markt wieder abgebaut wurde. Erwachsene stöberten in den Regalen nach den neusten Modellen, und ältere Menschen kamen oft nur, um ein wenig von der weihnachtlichen Stimmung einzufangen und in Kindheitserinnerungen zu schwelgen.

Rosie war bester Stimmung. »Dieses Jahr läuft es noch besser als in den vergangenen. Das ist ihr Verdienst, meine Liebe. Es hat sich herumgesprochen, dass unser Christkind dieses Jahr großartig ist.«

Sophie strich sich verlegen die Haare zurück. »Aber ich mache doch gar nichts Besonderes. Ich stehe nur da und lächle.«

»Es ist die Art, wie sie lächeln. Es geht den Menschen zu Herzen.«

Rosie tätschelte ihr kurz den Arm und wandte sich einer Gruppe zu, die gerade eingetreten war. Sophie drehte sich ebenfalls um und sah einen kleinen Jungen, der am anderen Ende der Hütte stand und sie ansah. Sie hob lächelnd den Arm und winkte ihm zu. Schüchtern hob er ebenfalls den Arm und winkte zurück, eine kurze, zögernde Bewegung. Langsam ging sie auf ihn zu und ließ sich in die Hocke sinken, als sie ihn erreicht hatte.

»Hallo. Wer bist denn du?«

Er sah sie aus großen, blauen Augen an, ohne ein Wort zu sagen.

»Bist du ganz alleine hier? Hast du deine Eltern verloren?«

Langsam schüttelte er den Kopf. »Mein Papa hat gesagt, dass du nicht das Christkind bist. Aber du bist es doch, oder?« Seine Stimme war sehr leise.

Sophie überlegte kurz. »Nun, das Christkind hat viel zu tun in diesen Tagen, und natürlich kann es nicht überall zur gleichen Zeit sein. Deshalb hat es mich beauftragt. Ich soll mich um die Menschen hier kümmern.«

Er nickte langsam. Sophie lächelte ihn an. Dieses Kind berührte sie eigentümlich. Behutsam strich sie ihm über die hellbraunen Locken.

»Hast du denn einen Wunsch an das Christkind?«

Fast unmerklich schüttelte er seinen kleinen Kopf. »Mein Papa sagt, das bringt nichts. Man soll seine Hoffnungen nicht auf Wünsche an Fantasiefiguren oder auf Wunder setzten.«

So, wie er diesen Satz aussprach, erinnerte es an einen Theaterdialog, und aus dem Mund eines kleinen Jungen klang er falsch und deprimierend. Er musste ihn schon sehr oft gehört haben, darauf ließ die korrekte Aussprache der Worte und der leicht leiernde Tonfall schließen. Sophie musste einen Seufzer unterdrücken. Erst gestern hatte sie etwas ganz Ähnliches zu Ella gesagt.

»Da hat dein Papa sicher nicht völlig unrecht. Einfach nur stumm auf ein Wunder zu hoffen ist so eine Sache. Wunder kommen nämlich nicht immer auf dich zuspaziert. Manchmal verstecken sie sich, und dann muss man die Augen aufhalten, um sie zu finden. Und wenn man sie dann gefunden hat, muss man sie ein bisschen anstupsen. Wenn man das schafft, dann kann etwas ganz Tolles passieren. Und ganz besonders in der Weihnachtszeit.« Sie verstummte und war selbst erstaunt über das, was sie da eben gesagt hatte. Und dass sie es selbst geglaubt hatte.

Die Augen des Kleinen waren noch größer geworden. Schüchtern nahm er ihre Hand und beugte sich zu ihr vor. »Versprochen?«

»Versprechen kann ich es nicht. Aber ich glaube ganz fest daran.«

Wieder nickte er langsam, und dann trat er noch einen Schritt vor und legte seine kleinen Ärmchen um ihren Hals. Sein Mund war ganz dicht an ihrem Ohr. »Und du bist doch das echte Christkind, oder? Aber ich werde es keinem verraten, versprochen.«

Sophie schluckte und zwinkerte kurz, um die aufsteigenden Tränen zurückzudrängen. Ein Paar Schuhe kamen neben dem Kind in ihren Blick, und sie hob den Kopf. Ein Mann war neben sie getreten und hatte die Hand auf die Schulter des Jungen gelegt, der daraufhin schnell seine Arme von ihr löste.

Sophie erhob sich. »Hallo. Wir haben gerade ein bisschen miteinander geplaudert.«

Vor ihr stand eine größere Ausgabe des Kindes. Dieselben blauen Augen, die sie hinter einer großen, dunkelrandigen Kunststoffbrille eindringlich und fast misstrauisch musterten. Derselbe braune Lockenschopf, ein wenig kürzer als bei seinem Sohn, aber genauso unordentlich. Die herzförmige Gesichtsform war ebenfalls zu erkennen, auch wenn sie bei ihm durch den Drei-Tage-Bart weniger niedlich wirkte. Nur in der Statur unterschieden sie sich. Während der Kleine schmächtig und zart wirkte, war sein Vater hochgewachsen. Er überragte Sophie um einiges, und seine breiten Schultern hatten so gar nichts Zerbrechliches. Plötzlich war Sophie verlegen. Sie wandte den Blick ab und sah noch einmal zu dem Jungen.

»Es war besonders nett, dich kennenzulernen.« Sie streckte ihm die Hand hin, und er ergriff sie und lächelte sie schüchtern an.

»Hast du dir schon etwas ausgesucht? Da hinten sind die Weihnachtsmann- Anhänger, die magst du doch besonders. Geh schon mal rüber, ich komme gleich zu dir.« Der Mann strich dem Jungen über die Locken, und folgsam machte sich der Kleine auf den Weg.

»Ich hoffe, sie haben ihm nicht irgend ein tolles Wunder versprochen.« Seine Augen waren undurchdringlich hinter der markanten Brille.

»Nein. Aber ich habe ihm gesagt, dass man nie aufgeben darf zu hoffen.« Aus irgendeinem Grund fühlte Sophie sich plötzlich kämpferisch. Sie hob das Kinn und sah ihm in die Augen. »Manchmal muss man einfach glauben dürfen.«

Er sah sie einen Augenblick an, dann entspannte sich seine Miene ein wenig.

»Ja. Es ist nicht leicht mit ihm in letzter Zeit, und ich will nicht, dass er all seine Hoffnungen an unrealistische Erwartungen knüpft. Er muss lernen, dass das Leben nicht immer so läuft, wie wir es uns wünschen.

Und dass man selber etwas tun muss, um Träume zu erfüllen.«

»So etwas Ähnliches habe ich ihm auch gesagt. Dass man Wunder manchmal finden und anstupsen muss.«

»Ach du lieber Himmel, das Christkind hier ist poetisch veranlagt.« Ein spöttisches Lächeln zeigte sich nun in seinem Gesicht, und Sophie spürte, wie ihr die Röte den Rücken hoch kroch. Verlegen zuckte sie mit der Schulter.

»Der Junge ist seit einiger Zeit sehr zurückhaltend und verschlossen. Er spricht wenig, und mit Fremden schon gar nicht. Ich weiß nicht, was genau sie ihm gesagt haben, aber irgendwie ist es Ihnen gelungen, ihn zu erreichen.« Er sah kurz zu dem Kleinen, der unschlüssig vor einem Regal mit Weihnachtsmannfiguren stand. »Nun denn, ich sollte die Auswahl beschleunigen. Wir sind bereits viel zu lange hier.«

Er zögerte kurz, dann reichte er ihr die Hand. »Vielen Dank, Frau...?«

»Engel.«

Wieder zuckte ein Lächeln um seinen Mund.

»Im Ernst? Na, dann, vielen Dank, Frau Engel.«

Ein kurzer, kräftiger Händedruck, dann wandte er sich ab und ging davon. Sophie sah ihm einen Moment nach, ehe sie sich straffte und mit schnellen Schritten zur Kasse eilte. Eine lange Schlange hatte sich gebildet, die ihre Aufmerksamkeit benötigte.

Als sie endlich all die Kugeln und Sterne und Weihnachtsmänner abkassiert und sorgsam in Schachteln und Tüten verpackt hatte, ließ sie ihren Blick suchend durch die Hütte schweifen. Vater und Sohn waren verschwunden.

* Kapitel 4 *

Die beiden gingen Sophie den ganzen Tag nicht mehr aus dem Kopf. Die Begegnung hatte sie neugierig gemacht. Der Junge schien ein Problem zu haben, irgendetwas, das ihn bedrückte. Und auch der Vater hatte etwas verströmt, das Sophie schwer festmachen konnte. Sie hatte es in seinen Augen gesehen, nur ganz kurz, aber sie hatte es erkannt. Sie hatte sich selbst darin erkannt. Unwillig schüttelte sie den Kopf. Das alles ging sie nichts an. So viele Menschen kreuzten hier ihren Weg, und nicht alle waren glücklich. Sie konnte sich nicht über jeden Gedanken machen.

Zwei Tage später zog sie sich eilig den Christkind-Mantel aus, um ihre Pause draußen zu verbringen. Ella hatte versprochen, endlich mit den beiden Mädchen auf den Weihnachtsmarkt zu kommen, und Sophie wollte sich mit ihnen treffen. Schon von Weitem sah sie die beiden auf dem nostalgischen Karussell. Paulines roter Mantel und die heißgeliebte weiße Mütze mit dem dicken, grauen Fellpuschel waren nicht zu übersehen. Ella stand am Rand und winkte unermüdlich bei jeder Runde, die die beiden an ihr vorbeifuhren. Sie nahm Sophie kurz in den Arm.

»Mama, darf ich noch eine Runde, bitte?« Pauline

warf sich Sophie um den Hals. Ihre Augen strahlten, die Wangen waren gerötet von der Kälte, und einen Moment zog sich ihr Herz zusammen vor lauter Liebe zu diesem Kind. Sie würde alles tun, damit Pauline immer so glücklich war. Egal, was Christian sagte oder tat, sie und Pauline würden es schon schaffen.

»Nachher, Süße. Aber vorher gehen wir was essen. Es macht ganz schön hungrig, den ganzen Tag hier zu sein, weißt du.«

Sie nahm die kleine Hand fest in ihre. Ella lotse sie zum ihrer Meinung nach besten Bratwurststand des Marktes, und sie reihten sich in die Schlange ein. Pauline plapperte unentwegt und erzählte, was sie heute Morgen im Kindergarten alles erlebt hatte. Dann hielten sie endlich ihr Essen in den Händen und sahen sich suchend nach einem freien Stehtisch um. Ella erspähte einen, der eben geräumt wurde, und strebte darauf zu. Sophie folgte mit den Mädchen, die Hände voll mit den Bartwürsten. Sie drängten sich hinter Ella her, Entschuldigungen nach beiden Seiten murmelnd. Endlich hatte sie ihre Freundin erreicht und lehnte sich an den Tisch.

»Wahnsinn, diese Menschenmengen. Pass bloß auf, dass du die Mädchen nachher nicht verlierst.«

»Keine Sorge, ich achte gut auf sie. Und die beiden sind ja auch ganz lieb und bleiben immer direkt bei mir, nicht war?« Ella lachte den beiden zu. Claire nickte brav, aber Pauline starrte gedankenverloren in Richtung Karussell.

»Erst essen, Pauline, dann fahren wir noch einmal.«

Pauline nickte abwesend. Sophie wandte nun ebenfalls den Kopf, um zu sehen, was ihre Tochter so faszinierte, und blickte am Nebentisch in ein Paar vertraute, blaue Augen. Sie sah, wie der Junge schüchtern die Hand hob und winkte, eine ebenso kurze wie flüchtige Bewegung. Sie hob gleichfalls den Arm und winkte zurück. Auch Pauline hatte den Arm gehoben und gewunken. Nun marschierte sie energisch los und baute sich vor dem fremden Kind auf.

»Wir gehen gleich Karussell fahren. Willst du mitkommen?«

Der Kleine schien einen Moment sprachlos zu sein, dann nickte er fast unmerklich. Pauline strahlte. Sophies Blick wanderte zu dem Mann, der die Szene beobachtete. Er hob den Blick, sah sie an und nickte knapp zur Begrüßung.

»Ich heiße Pauline, und du?«

»Max«. Die Stimme hatte ein wenig Kraft gewonnen.

»Ich bin mit meiner Mama hier. Meine Mama ist das Christkind.« Nun lag in Paulines Stimme unüberhörbar Stolz. Max sah wieder zu Sophie hinüber.

Diese hatte das Gefühl, etwas sagen zu müssen. »Ich bin die Vertretung des Christkinds, Pauline.«

»Wohnst du auch in der Hütte?« Max sah Pauline fragend an.

»Nein, ich wohne bei Ella. Meine Mama auch.«

Max zog die Stirn kraus. Sophie sah auf ihre Uhr. Nicht mehr viel Zeit, bis sie zurück zur Arbeit musste.

»Also, wie sieht es aus? Wer will noch einmal Karussell fahren?«

Claire und Pauline jubelten. Sophie sah zu, wie ihre Tochter Max an der Hand nahm und losmarschierte. Entschuldigend sah sie seinen Vater an.

»Ich hoffe, sie haben nichts dagegen...«

Er schüttelte den Kopf.

»Ich bin übrigens Sophie. Sophie Engel.« Sie streckte ihm ihre Hand entgegen, und er ergriff sie nach kurzem Zögern.

»Ich weiß. Wir hatten bereits das Vergnügen. Will. William Sander.«

Eilig folgten sie den Kindern, die schon ungeduldig warteten.

Sophie kramte nach ihrem Portemonnaie und zog einen Schein heraus. »Na, dann wollen wir ein paar Chips kaufen.«

Pauline bestieg juchzend ein weißes Pferd, und Claire besetzte den Schwan. Max kletterte nach kurzem Zögern neben Pauline auf das zweite Pferd .

»Sophie, hast du noch ein paar Minuten? Ich würde

gerne da vorne eine Kleinigkeit besorgen, ohne dass die Kinder es mitbekommen.« Ella sah fragend ihre Freundin an.

»Zehn Minuten.«

»Das reicht. Bin gleich wieder da.« Damit eilte sie davon.

»Sie haben Max ganz schön beeindruckt, wissen sie das? Er erzählt jedem, dass das Christkind in der Hütte 7 wohnt, und er lässt sich nicht davon abbringen, egal was ich sage.« Wills Stimme klang warm und angenehm, aber Sophie meinte, einen Hauch Spott darin zu entdecken.

»Oh.«

»Schon in Ordnung.« Sein Blick wanderte zum Karussell. »Ihre Tochter scheint ein reizendes Mädchen zu sein.« Er winkte den Kindern zu, die gerade an ihnen vorbeifuhren. Pauline hatte Max' Hand genommen und hielt sie fest. Sophie sah zum ersten Mal ein Lächeln auf seinem kleinen Gesicht.

»Danke. Ja, Pauline ist ein sehr aufgewecktes Kind. Sie hat diese Gabe, einfach auf andere zuzugehen und sie zu entwaffnen.«

Will nickte. »Das scheint sie von ihrer Mutter zu haben.« Wieder dieser Unterton.

Eine leichte Röte überzog Sophies Gesicht. »Nun, mit zunehmendem Alter wird es schwerer. Zu viele Erfahrungen...« Sie brach ab. Was tat sie da? Sie konnte doch nicht einem wildfremden Menschen solche Sachen erzählen.

Das Karussell hielt an, und die Kinder kamen angerannt. Auch Ella erschien wieder, ein verschwörerisches Lächeln im Gesicht. Sophie ging in die Hocke und nahm Pauline in die Arme.

»Ich muss los, Süße. Viel Spaß noch, und sei brav.«

»Klar, Mama. Aber Ella hat gesagt, dass wir dich noch besuchen, bevor wir wieder gehen.«

»Wie schön. Dann sehen wir uns ja gleich noch einmal.« Sie erhob sich und umarmte Ella. »Danke für alles.«

Ella winkte ab. »Wir kommen gleich noch zur Hütte 7. Die Mädchen sind schon ganz aufgeregt.«

»Max kommt auch noch mit, nicht wahr?« Pauline hüpfte von einem Fuß auf den anderen. Sophie sah Will an.

»Nun, ich habe es versprochen. Wir haben uns immer noch nicht auf eine Kugel einigen können.« Er sah zu Max hinüber, der mit den Mädchen dastand und schüchtern lächelte.

»Na dann, bis gleich. Ich muss mich beeilen.« Sie winkte kurz und machte sich auf den Weg.

Kaum hatte sie wieder ihren weißen Mantel an, als die fünf schon die Hütte betraten. Die Kinder wanderten mit ehrfürchtigem Blick durch die Regalreihen und bestaunten die prächtigen Weihnachtsbäume, während Ella die Auslagen abschritt und hier und da eine Figur näher betrachtete. Will blieb in der Nähe der Tür stehen und betrachtete seinen Sohn. Ein leichtes Lächeln lag um seinen Mund. Sophie hätte ihn gerne noch eine Weile beobachtet, aber es waren zu viele Kunden da. Sie redete und scherzte und streichelte über Kinderköpfe, bis Ella schließlich abermals neben ihr stand.

»Wir kommen ein anderes Mal wieder. Heute ist einfach zu viel los, ich kann gar nicht alles sehen. Bis später.«

Die Freundinnen umarmten sich kurz, dann winkte sie noch einmal zu den Kindern hinüber. Einen Moment zögerte sie, dann winkte sie auch Will zu. Er erwiderte den Gruß mit einer kurzen Handbewegung, dann verließ er zusammen mit den anderen die Hütte.

* Kapitel 5 *

William Sander war kein romantischer Mann. Das Leben hatte ihn gelehrt, dass man mit Romantik und Wunschdenken nicht weit kam, und er war fest entschlossen, seinem Sohn diese Lektionen zu ersparen. Was zählte, waren Rationalität, Entschlossenheit und eine gute Portion Glück, ohne Frage. Aber hauptsächlich war es eine Frage des Verstandes.

Wäre es nach ihm gegangen, dann hätte er einen großen Bogen um den Weihnachtsmarkt gemacht. Diese ganzen Lichter, die Weihnachtslieder, die ausgelassenen Menschen mit ihren Weihnachtsmann-Mützen, all das diente doch nur dazu, die Leute in eine Art glückseligen Rausch zu versetzten, eine Illusion vom perfekten Glück zu schaffen. Und natürlich konnte das Leben dann nicht mithalten, und die Enttäuschung war vorprogrammiert.

Aber Max hatte nicht locker gelassen. Zum ersten Mal hatte er klar und deutlich gesagt, was er wollte. Und Will hatte schließlich nachgegeben, auch wenn das bedeutete, auf diesen Weihnachtsmarkt gehen zu müssen. Er war froh, dass er es getan hatte, denn seinen Sohn so heiter und gelöst zu erleben war eine Freude. Wenn mit der Romantik auch der Glaube an die Liebe sein Leben verlassen hatte, so gab es doch einen Menschen, der ihm alles bedeutete, für den er alles tun würde, und das war sein Sohn. Der Kleine hatte es bisher wahrlich nicht immer leicht gehabt, dessen war Will sich bewusst. Er hatte mit zwei Jahren die Mutter verloren, der Vater war überfordert mit der neuen Situation. Es folgten diverse Umzüge, immer auf der Flucht vor etwas, dem er doch nicht entkommen konnte.

Schließlich waren sie vor zwei Monaten hier gelandet. Die relative Nähe zu seinen Eltern hatte letztlich den Ausschlag gegeben, das Jobangebot hier anzunehmen, obwohl es sicher bessere gegeben hätte, wäre er bereit gewesen, noch einmal ganz woanders zu leben. Aber Will hatte erkannt, dass er nicht mehr länger fliehen durfte. Es ging nicht nur um ihn. Max war in diesen Jahren immer verschlossener und ruhiger geworden. Sie waren nirgends lange genug geblieben, um Wurzeln zu schlagen. Und Max hatte nie echte Freunde gefunden. Jetzt war Will entschlossen, es zu versuchen. Der Kleine sollte endlich ein Heim bekommen, und die Möglichkeit, Freundschaften zu schließen, ohne bald darauf wieder ganz von vorne anfangen zu müssen.

Der Anfang war nicht wirklich erfolgversprechend gewesen. Max tat sich schwer, mit anderen Kindern in Kontakt zu kommen. Im Kindergarten blieb er meist für sich. Um die Wahrheit zu sagen hatte Will seinen Sohn noch nie so glücklich gesehen wie heute Mittag auf dem Kinderkarussell.

Und genau da lag das Problem. Dieses Mädchen, Pauline, hatte es geschafft, ein Leuchten in die Augen seines Kindes zu zaubern. Und sie hatte völlig ernsthaft gefragt, ob sie Max wiedersehen dürfte.

»Morgen Abend, am Karussell«, hatte sie wie eine Verschwörerin geflüstert. Und Max hatte genickt und bittend seinen Vater angesehen. Will hatte einen Moment überlegt und dann ebenfalls genickt, wider besseren Wissen. Nach dem Karussell wäre wieder diese Hütte dran, dieser überladene Albtraum aus weihnachtlichen Gefühlen. Und Sophie.

Will war ganz bestimmt kein Mann, der eine schöne Frau nicht zu würdigen wusste, aber seit dem Tod seiner Frau hatte es keine mehr gegeben, die sein Herz berührt hätte. Er legte auch keinen Wert darauf. Natürlich hatte es die eine oder andere gegeben in den letzten vier Jahren, aber er hatte stets darauf geachtet, dass alles völlig unverbindlich blieb. Die vielen Umzüge hatten ihr übriges dazu getan, dass es nie ernster wurde, als er wollte. Und in der letzten Zeit hatte er sich komplett von den Frauen zurückgezogen. Es hatte ein paar hässliche kleine Szenen gegeben, und Will war zu der Überzeugung gelangt, dass es das nicht wert war. Wenn er ehrlich war, hatte dieses Leben sowieso nicht zu ihm gepasst. Er war kein Mann für Affären. Und keiner für etwas anderes.

Und dann tauchte da plötzlich diese Frau auf, Sophie, mit ihren grünen Augen, die ihn ansah, als könne sie in seiner Seele lesen. Nichts, worauf er Wert legte. Die Max dazu brachte, lächelnd nach Hause zu hüpfen. Die von Wundern redete, und dass alles möglich wäre. Und die sich klammheimlich in seine Gedanken stehlen konnte, wenn er es am wenigsten erwartete.

»Pauline ist so nett.« Max holte Will aus seinen Gedanken. »Bitte, Papa, können wir sie morgen wieder treffen?«

Will gab keine Antwort. Vielleicht wäre es besser, die Dinge zu stoppen, solange der Schaden noch überschaubar bliebe.

»Weißt du, Paulines Papa wohnt jetzt bei einer anderen Frau, aber Pauline ist nicht traurig deswegen. Sie sagt, sie hat Mama und Ella und Claire, und ihren Papa sieht sie auch ganz oft.«

Jetzt hörte Will doch etwas genauer hin. Sophie war also offensichtlich nicht liiert. Obwohl ihn das natürlich nicht interessierte.

Entschlossen wechselte er das Thema. »Oma hat angerufen. Sie hat gefragt, ob du nächstes Wochenende zu ihnen kommen willst. Dodger hat Junge, und drei süße Hundebabys warten darauf, dich kennenzulernen.«

* Kapitel 6 *

Als Sophie an diesem Abend nach Hause kam, konnte sie gerade noch Pauline eine kurze Gute-Nacht-Geschichte vorlesen. Die Mädchen hatten schon in ihren Betten gelegen, müde und duftend, mit frisch gewaschenen Haaren, aber Pauline hatte darauf bestanden, dass Sophie sich noch an ihr Bett setzte. Sophie las, bis sich die Augen des Mädchens geschlossen hatten, dann klappte sie das Buch zu und zog sorgsam die Decke zurecht.

Wie stolz war sie heute gewesen auf ihre Kleine, als sie sah, wie diese sich Max zugewandt hatte. Sie hoffte, dass Pauline sich diese Leichtigkeit bewahren würde. Es war ihr bewusst, dass das vergangene Jahr für ihr Kind ebenfalls nicht leicht gewesen war.

Selbst nachdem Christian ihr zögernd gestanden hatte, dass die Selbständigkeit nicht so leicht war, wie er sich das gedacht hatte, war Sophie zuversichtlich gewesen.

»So etwas dauert«, hatte sie gesagt. »Pauline kommt bald in den Kindergarten, und dann gehe ich morgens wieder arbeiten. Wir schaffen das schon. Du schaffst das.«

Und das hatte sie auch genauso gemeint. Christian

war ein ganz besonderer Mann. Das Wort »Unmöglich« gab es in seinem Wortschatz nicht. Christian ging mit einer Zuversicht durchs Leben, die sie nie gehabt hatte. Er war fest davon überzeugt, dass ihm alles zustand und er alles schaffen konnte. Nicht zuletzt wegen dieser Einstellung hatte es auch immer geklappt. Und natürlich wegen seines Aussehens. Kaum jemand hatte diesem gutaussehenden, selbstbewussten Mann widerstehen können, schon gar nicht Sophie.

Deshalb hatte sie seine nächste Ankündigung eiskalt erwischt. Er teilte ihr mit, dass er einen neuen Auftrag hatte, einen großen, in einer großen Firma. Doch bevor sie ihm gratulieren konnte, kam der Schlag. Er wäre dort gewesen zu einer Vorbesprechung, und auf dieser hatte er Sandy kennengelernt, die Tochter des Chefs. Und er hatte erkannt, dass Sandy die Frau war, mit der er in Zukunft leben wollte.

Sophie war sprachlos gewesen. Sie wusste, dass Christian gerne flirtete, aber sie hatte ihm immer vertraut. Auf die Sprachlosigkeit folgte die Wut. Wie könne er nach einem Treffen sagen, dass diese Frau es wert wäre, alles zu ruinieren, was sie hatten? Christian gab zu, dass dieses Treffen schon drei Monate zurücklag und er und Sandy sich seither regelmäßig getroffen hätten. Der Untergang kam schnell und schmerzlos. Sophie erkannte, dass sie keine Möglichkeiten mehr hatte.

Sein Leben war neu ausgerichtet, und für sie gab es keinen Platz mehr.

»Und was ist mit Pauline?«, hatte sie gefragt und sich selbst verachtet, dass sie das Kind als Druckmittel einsetzte.

»Pauline ist ein kluges Mädchen, sie wird das verstehen, irgendwann. Sie ist es gewohnt, die meiste Zeit mit dir alleine zu sein. Ich werde sie an den Wochenenden sehen. Aber dieses Haus hier«, er hatte eine ausladende Geste gemacht, »werde ich nicht halten können. Ich werde zu Sandy ziehen.«

Sie hatte ihn angesehen und das Gefühl gehabt, den Boden unter den Füßen zu verlieren. »Und wir? Pauline und ich?«

Er hatte mit den Schultern gezuckt und zumindest den Anstand gehabt, beschämt dreinzublicken. »Es tut mir leid, Sophie, die Miete ist zu hoch. Ihr werdet euch nach etwas günstigerem umsehen müssen.«

Aber das war gar nicht so einfach gewesen. Als wäre alles nicht schon schlimm genug, wurde ihr kurz darauf auch noch mitgeteilt, dass ihre ehemalige Firma Konkurs angemeldet hatte und eine Rückkehr in ihren alten Job deshalb nicht möglich war. Alleine, ohne Job und mit einem Kleinkind, war die Wohnungssuche eine aussichtslose Sache gewesen. Sophie wusste nicht, was sie ohne Pauline getan hätte. So jedoch blieb ihr keine

Wahl. Sie hatte die Verantwortung für dieses Kind, und sie würde nach vorne blicken.

Ihre beste Freundin Ella hatte sich schließlich als ihre Rettung erwiesen.

»Ihr kommt natürlich zu uns. Ich habe dieses riesengroße Haus mit reichlich Platz. Du bist hier weit genug weg, dass du Christian nicht auf Schritt und Tritt begegnest, und nah genug, dass er Pauline an den Wochenenden zu sich holen kann. Und Claire und ich würden uns sehr freuen, euch hier zu haben.«

Und deshalb waren sie jetzt hier, und Sophie hatte es nicht eine Sekunde bereut. Sie hatte darauf bestanden, Miete zu zahlen, auch wenn Ella beteuerte, dass das nicht nötig wäre. Sie hatte dieses Bauernhaus mit dem großen Garten am Rande der Stadt von ihrer Großmutter geerbt, zusammen mit einem stattlichen Geldbetrag. Sophie hatte jedoch nicht nachgegeben, und schließlich hatten sie sich auf eine Summe geeinigt, die zwar weit unter dem üblichen Mietspiegel lag, Sophie aber das Gefühl gab, keine Almosen anzunehmen.

Pauline bewegte sich leicht im Schlaf, und ihre Mutter zuckte zusammen. Noch einmal strich sie sachte über die rosige Wange, dann erhob sie sich und verließ leise das Zimmer.

Ella erwartete sie in der Küche. Der große Esstisch mit den bequemen, nicht zueinander passenden Stühlen war zu ihrem abendlichen Treffpunkt geworden. Dankbar nahm Sophie eine dampfende Tasse Tee entgegen und ließ sich auf einem Stuhl nieder.

Ellas Augen funkelten sie an. »Erzähl mir doch mal, wann du Will kennengelernt hast. Und wieso du bisher nichts gesagt hast.«

Sophie seufzte. Ella war zwar ebenfalls Single, aber eine unverbesserliche Romantikerin.

»Ich kenne ihn eigentlich gar nicht. Ich habe Max kennengelernt, wenn man so will, als sie in unserer Hütte waren. Eine alltägliche Begegnung mit einem Kind.«

»Er scheint nett zu sein. Auf alle Fälle sieht er sehr nett aus.«

»Und er ist sicher glücklich verheiratet und nicht der Typ Mann, der einfach mal eben Frau und Kind sitzen lässt.«

»Süße, nicht alle sind wie Christian. Und wie Pauline unschwer herausgefunden hat, ist er Witwer.«

Sophie sah hoch. Das passte. Sie hatte gleich so etwas gespürt, in seiner Art, und in der des Kindes.

»Und?«

»Und? Mensch, Sophie, sei doch mal ein bisschen romantisch. Ein trauriger Witwer, ein einsames Kind, eine wunderhübsche junge Frau...« Ella legte das Kinn auf ihre aufgestützte Hand und seufzte übertrieben.

Sophie musste lachen. »Du siehst dir zu viele Schnulzen an.«

»Mag sein, aber ich träume nun mal gerne.«

»Und was träumst du für dich?«

Ella schüttelte den Kopf. »Für mich gibt es nur einen. Du weißt, dass ich eine unverbesserliche Romantikerin bin. Er oder keiner. Naja, fast keiner.«

Sie lachten. Ella hatte sich vor fünf Jahren unsterblich in einen Franzosen verliebt, den sie zufällig kennengelernt hatte. Seit ihrer Kindheit war es in Ellas Familie Tradition, die Weihnachtstage in einer Hütte im Elsass zu verbringen. Dort war sie Claude begegnet, und als sie wieder nach Hause kam, war Claude verschwunden und Ella schwanger. Aber anstatt mit diesem Schicksal zu hadern, hatte sie sich voller Begeisterung in die Mutterschaft gestürzt, ihrer Tochter einen französischen Namen verpasst und nie die Hoffnung aufgegeben, Claude irgendwann wieder zu treffen. In der Zwischenzeit hatte es natürlich den einen oder anderen Mann gegeben, denn Ella war eine viel zu lebensfrohe Person, um seufzend zu Hause zu sitzen. Und die Männer waren verrückt nach ihr und ihren Kurven. Ella hatte genügend Selbstbewusstsein, um die paar Kilos, die sie zu viel hatte, nicht zu verstecken, sondern gekonnt in Szene zu setzten, und der Erfolg gab ihr Recht. Aber auch wenn es genug Kandidaten gab, so hatte doch keiner Ellas Herz dauerhaft gewinnen können.

»Man begegnet sich immer zweimal im Leben. Wir sind füreinander bestimmt, Claude und ich. Irgendwann wird er einfach wieder da sein.«

Sophie beneidete ihre Freundin um diese Zuversicht. Und sie wünschte ihr von Herzen, dass sie Recht behielte.

»Und wer weiß, vielleicht ist er ja dieses Jahr da. Ich habe so ein Gefühl, dass dieses Weihnachtsfest ein ganz besonderes wird. Obwohl...«, sie hielt inne und sah Sophie ernst an, »natürlich weiß ich noch gar nicht, ob ich dieses Jahr wieder fahre.«

»Keine Chance. Du wirst fahren. Pauline und ich werden es uns hier richtig gemütlich machen ohne euch. Trickfilme, Weihnachtsplätzchen, das ganze Programm.«

»Und wenn ihr einfach mitkommt? Ich kann den Gedanken nicht ertragen, dass ihr hier so alleine zurückbleibt.«

Sophie schüttelte den Kopf. »Pauline wird doch auch zu Christian gehen. Ich kann nicht mit ihr wegfahren. Und ein paar ruhige Tage nach dem Trubel auf dem Weihnachtsmarkt werden mir guttun.«

Ellas Hand legte sich auf die ihrer Freundin. »Ein Weihnachtswunder. Das ist es, was wir beide brauchen.«

* Kapitel 7 *

Pauline kam strahlend angelaufen, Max an der einen, Claire an der anderen Hand hinter sich herziehend. Sophie ging in die Hocke und umarmte kurzentschlossen alle drei Kinder.

»Hallo. Euch scheint es ja gut zu gehen. Hat Ella euch schon wieder Karussell fahren lassen?«

Die drei nickten.

»Und dann hat Will noch Chips gekauft, und ich war auf dem Schwan, und in der Kutsche. Und jetzt wollen wir zur Eisbahn gehen.« Während das Mädchen aufgeregt erzählte, waren Ella und Will aufgetaucht. Sophie erhob sich und begrüßte die beiden.

»Du hast es bereits gehört, oder? Die Bande hat beschlossen, dass wir uns die Eisläufer ansehen. Oder willst du lieber was essen gehen?«

Sophie schüttelte den Kopf. »Nein, gar nicht. Ich liebe die Eisbahn. Früher bin ich mit meinem Vater immer Eislaufen gewesen.«

»Dann willst du uns deine Künste sicher vorführen?« Ella klatschte begeistert in die Hände.

»Nein, ich fürchte, das lohnt sich nicht. Ich muss ja gleich zurück.«

Sie schlenderten hinter den Kindern her und stellten

sich an die Bande. Sehnsüchtig sah Sophie zu, wie die Läufer eine Bahn nach der anderen zogen. Wie hatte sie das geliebt, dieses Gefühl zu fliegen, immer schneller über das glatte Eis zu gleiten. Nie hatte sie Angst gehabt zu stürzen oder sich zu verletztzten. Die Kinder zeigten begeistert auf einzelne Läufer, die sich durch kunstvolle Pirouetten oder gewagte Sprünge hervortaten.

»Ich will das auch mal probieren. Bitte Mama, können wir Schlittschuhe ausleihen?«

»Ich muss doch gleich wieder los. Aber weißt du was?« Plötzlich lachte Sophie, und sie fühlte sich so frei und verwegen wie seit langem nicht mehr. »Die Eisbahn ist auch noch offen, wenn der Weihnachtsmarkt nicht mehr verkauft. Am Heiligen Abend kommen wir beide hierher, und dann werden wir eislaufen.«

Pauline strahlte und hüpfte von einem Bein zum anderen. »Und du auch?«

Ella schüttelte lachend den Kopf. »Nein, Claire und ich werden dann bereits weg sein. Du weißt doch, dass wir an Weihnachten wegfahren, oder? Und außerdem brächten mich keine zehn Pferde auf eine Eisbahn.«

»Aber du kommst mit?« Jetzt hatte sie sich an Max gewandt, der mit großen Augen dem Schauspiel zusah.

»Ich kann das nicht.«

Pauline schüttelte unwillig ihren Lockenkopf. »Meine Mama zeigt es uns.« Sie wandte sich zu Will um und sah ihn bittend an. »Max darf doch mitkommen, oder?«

Sophie sah in Wills Gesicht, wie er um eine Antwort rang.

»Pauline, vielleicht haben Will und Max auch schon etwas vor. Du kannst sie nicht so bedrängen.«

»Wir haben nichts vor. Oma und Opa verreisen auch an Weihnachten, und wir sind ganz alleine.« Max' Augen hatten bei diesen Worten wieder ihren Glanz verloren, und Sophie spürte einen Knoten im Hals.

Pauline trat zu Will, streckte ihre kleine Hand aus und schob sie sachte in seine große. »Dann habt ihr doch Zeit, oder?«

Will nickte langsam. Sophie warf ihm einen vorsichtigen Blick zu und sah, wie sich plötzlich ein Lächeln auf seinem Gesicht ausbreitete.

»Kannst du den Schlittschuh laufen?« Auch Max sah seinen Vater fragend an.

»Nun, ich war sogar mal ein richtig guter Schlittschuhläufer. Besonders wenn es galt, hübsche Mädchen zu beeindrucken.« Er zwinkerte Pauline zu. »Und ich bin mir sicher, dass das in der Familie liegt. Wahrscheinlich wirst du mich locker ausstechen.«

Seine Hand fuhr bei diesen Worten durch die Locken seines Sohnes. Dann beugte er sich vor und flüsterte dem Jungen etwas ins Ohr. Max' Gesicht begann zu strahlen.

Sophie spürte eine seltsame Freude. Wie sehr dieses Kind sie berührte. Und wie attraktiv Will aussah, wenn er wie eben scherzte und seine Augen lächelten. Kleine Falten bildeten sich dabei um seine Augen, die darauf schließen ließen, dass er früher einmal öfters gelacht hatte. Oder dichtete sie ihm vielleicht etwas an, was gar nicht da war? Was wusste sie schon von ihm? Dass er Witwer war, bedeutete ja nicht automatisch, dass er alleine war. Vielleicht lachte er noch immer viel, nur eben nicht mit jedem? Und wenn schon, dachte sie trotzig. Es geht mich ja nichts an.

Und trotzdem spürte sie ein ganz neues Prickeln, als er später mit den anderen in der Hütte 7 vorbeischaute. Die Kinder waren immer aufs Neue fasziniert von der Pracht, die hier herrschte, und standen ehrfürchtig vor den Auslagen. Max wollte etwas für seine Großeltern aussuchen, und er diskutierte eifrig mit Pauline und Claire. Will stand wie immer in der Nähe der Tür, und seine Augen wanderten zwischen den Kindern und Sophie hin und her, die ein paar Worte mit einem alten Ehepaar wechselte, während sie sorgsam deren Einkäufe verpackte. Schließlich reichte sie die Tüte über die Theke. Die alte Dame nahm sie entgegen und wandte sich dann zu ihrem Mann. Will sah, wie er sich zu ihr beugte und einen Kuss auf die runzelige Wange drückte. Er hielt den beiden die Tür auf, als sie an ihm vorbeigingen, und schloss sie nachdenklich wieder. Sein Blick wanderte zurück zu Sophie, die bereits mit dem nächsten Kunden beschäftigt war, dieses Mal ein junger Mann, der lachte und offenbar mit ihr scherzte.

Ein Zupfen riss ihn aus seinen Betrachtungen. »Die will ich kaufen.« Max stand vor ihm und hielt vorsichtig einen Glasanhänger in der Hand. Will dirigierte ihn zur Kasse. Sophie überreichte ihrem Kunden gerade seine Tüte.

Dann wandte sie sich Max zu. »Hast du dich entschieden?«

Er nickte und öffnete seine kleine Hand. Eine Figur, die das Christkind darstellte, lag darin.

»Eine gute Wahl«, lobte sie ihn, während sie das filigrane Kunstwerk sorgsam einwickelte. »Und viel schöner als diese Weihnachtsmänner auf Surfbrettern oder so.«

Max nickte begeistert. »So schön wie du.«

Sophie lachte verlegen. Sie spürte Wills Blick auf sich ruhen, und schon wieder kroch diese verdammte Röte über ihre Wangen.

»In der Tat eine gute Wahl«, sagte Will und nahm die Tüte entgegen.

* Kapitel 8 *

Sophie summte fröhlich, als sie an diesem Abend die Küche betrat. Auch wenn sie heute sehr spät dran war, weil der Kundenandrang nicht hatte abreißen wollen und sie deshalb ihren üblichen Bus verpasst hatte, war sie bestens gelaunt.

Ella sah sie neugierig an. »Gibt es was Neues?«

»Eigentlich nicht. Dennoch, dieser Job ist eindeutig besser als gedacht. Es macht tatsächlich Spaß. Die Menschen sind so nett. Nun ja, nicht alle, einer ist immer dabei, der schlechte Laune hat, aber die meisten sind freundlich. Und Rosie hat uns heute Abend eine Zulage versprochen, weil die Geschäfte richtig gut gehen. Das ist großartig, Ella. Gleich morgen kümmere ich mich um dieses scheußliche, ausklappbare Barbie-Schloss, das sich Pauline so sehr wünscht, und das mir bisher immer zu teuer war.«

Sie setzte sich, zog die bestrumpften Füße hoch und begann, sie zu reiben. »Auch wenn ich zugeben muss, dass es anstrengend ist, den ganzen Tag in dieser kleinen Hütte zu stehen, bin ich doch froh, dass ich es tun kann. So langsam komme ich richtig in Weihnachtsstimmung.«

»Na, dann hoffe ich, dass ich deine gute Laune jetzt

nicht zerstören muss. Christian hat angerufen. Er lässt dich daran erinnern, dass er Pauline am Wochenende holen kommt.«

»Als ob ich das vergessen könnte, wenn er schon mal Zeit für sie hat.« Sophie schnaubte. Natürlich wusste sie das, aber die Stimmung war trotzdem dahin. Christian war ein Reizthema. Sie hätte nie gedacht, dass sich ihre Gefühle für diesen Mann einmal so ändern könnten. Andererseits hätte sie auch nie gedacht, dass er sich einmal so ändern würde. Nicht nur die plötzliche Trennung, auch das, was danach noch kam, hatten ihren Blick auf ihn verändert.

Vor ein paar Wochen hatte er ihr eröffnet, dass seine Firma Insolvenz angemeldet habe. Natürlich kürzte er umgehend die Unterhaltszahlungen. Sophie war zu diesem Zeitpunkt schon auf der Suche nach einem neuen Job gewesen, nun jedoch waren die Umstände anders, dringlicher. Auf ihre Frage, was er nun zu tun gedenke, hatte er lässig geantwortet, er nütze die Zeit für eine Neuorientierung. Und Sophie war notgedrungen zum Christkind geworden.

»Du musst lernen loszulassen. Nach vorne sehen. Er wird immer ein Teil deines Lebens bleiben, weil Pauline euch verbindet. Du musst lernen, mit ihm zu leben.«

»Ich habe gerade erst gelernt, ohne ihn zu leben.«

Sie schwiegen beide eine Weile.

»Liebst du ihn noch?«

»Nein.« Sophie lachte, ein kleines, freudloses Lachen. »Komisch, oder? Er war meine Leitfigur, mein Geliebter und mein Vorbild. Und dennoch habe ich das Gefühl, ihn in den letzten Monaten besser kennengelernt zu haben als in den Jahren zuvor. Ich meine, er war sich selbst schon immer nahe, wenn du verstehst, was ich meine. Aber nun ist es, als ob wir ihm plötzlich lästig wären.«

Sie stand auf und strich sich die Locken aus dem Gesicht. Dann trat sie ans Fenster und begann, ihren Nacken zu massieren. »Es ist, als sähe ich ihn jetzt zum ersten Mal so, wie er wirklich ist. Egoistisch und nur an sich selbst interessiert.«

Sie drehte sich zu Ella um. »Genug von Christian. Lass uns von etwas erfreulicherem reden.«

»Zum Beispiel einem gewissen Will?«

»Zum Beispiel von Weihnachten. Wann genau fahrt ihr beide denn?« Sophie war sich bewusst, dass dieses Manöver ziemlich durchschaubar war, aber sie wollte nicht über Will reden. Dieser Mann war sowieso viel zu viel in ihren Gedanken, und wenn sie im Moment etwas gar nicht brauchen konnte, dann noch mehr Probleme. Nein, sie würde sich da in nichts hineinziehen lassen. Ohne Männer war das Leben deutlich einfacher, wenn auch leider ärmer.

In den nächsten Tagen sah sie Will beinahe täglich. Es hatte sich eingebürgert, dass Ella und die Mädchen nach dem Kindergarten vorbeikamen, und Sophie legte ihre Pause so, dass sie sich treffen konnten. Auf diese Weise hatte sie zumindest ein bisschen Zeit für ihre Tochter. Sie hatte ein schlechtes Gewissen, weil sie es die meisten Tage nicht nach Hause schaffte, ehe die Kleine schlief. Die Stunde auf dem Weihnachtsmarkt war deshalb besonders kostbar. Und irgendwie waren Will und Max Teil dieser Treffen geworden. Max blühte sichtlich auf, seit er die beiden Mädchen kannte. Und meistens standen die Erwachsenen plaudernd daneben, während die Kinder Karussell fuhren, den Eisläufern zusahen oder in dem kleinen Märchenwald spielten, der neben der Eislaufbahn aufgebaut war und Szenen aus bekannten Märchen nachstellte.

Auch wenn die Gespräche meist sehr allgemein gehalten waren und sie persönliches ausklammerten, hatte Sophie doch das Gefühl, Will besser kennenzulernen. Was nicht hieß, dass sie ihn verstand. Er war immer noch zurückhaltend, aber dennoch gab es Momente, in denen er unbeschwert war und scherzte. Wenn er mit Ella sprach, war er locker und witzig. Sprach er jedoch mit Sophie, dann war da stets eine fast greifbare Mauer um ihm. Er war auch zu ihr freundlich, keine Frage, und doch, manchmal schien es Sophie, als würde er sie belauern. Als warte er auf etwas, auf ein falsches Wort oder eine falsche Geste. Wenn er aber mit den Kindern durch den Wald jagte, dann hörte sie sein Lachen, das sich mit den begeisterten Schreien der Kinder vermischte. In diesen Momenten war er ein anderer Mann, ungezwungener, freier und sehr anziehend. Und wenn Pauline sich in seine Arme warf, weil er sie gefangen hatte, dann spürte sie ein Gefühl der Zuneigung, das sie verwirrte und dazu brachte, schnell wieder an die Arbeit zu gehen.

* Kapitel 9 *

Auch für Will waren die letzten Tage etwas ganz Neues. Max hatte sich verändert, und er war froh darüber. Er tat sich nach wie vor schwer, Kontakte zu knüpfen, und die Erzieherin im Kindergarten hatte ihn deswegen wiederholt angesprochen. Aber nachmittags, wenn er mit Pauline und Claire zusammen war, dann war er ein ganz anderes Kind.

Will hatte mit Ella überlegt, ob es eine Option wäre, die Einrichtung zu wechseln, und Ella hatte versprochen, sich zu erkundigen, ob ein Platz bei Ihnen frei wäre.

»Es ist nicht ganz leicht, einen Kindergartenplatz zu bekommen, aber wir werden sehen. Ich werde auf alle Fälle versuchen, meine Kontakte zu nutzen. Die Mädchen würden sich freuen, und für Max wäre es eine tolle Sache.«

Er hatte genickt und sich bedankt. Ja, für Max wäre es ein Glücksfall. Und für ihn? Wie wäre es, wenn er Sophie auch weiterhin regelmäßig sehen würde? Er war sich nicht sicher, ob er das wollte. Seltsamerweise hatte er bei Ella keine solchen Probleme, obwohl sie eine attraktive und sehr charmante Frau war. Auch wenn er tatsächlich mehr Zeit mit Ella und den Kindern verbrachte als mit Sophie, so waren es doch die kurzen Treffen mit ihr, die ihn beschäftigten. Und je mehr Zeit sie miteinander verbrachten, desto schwieriger wurde es.

Am Anfang hatte er sie als eine clevere Verkäuferin abgetan, die in einer emotionalen Verkleidung Kinder becircte und damit die Eltern zum Kauf animierte. Er war gewillt gewesen, sie sogar dafür zu verurteilen, dass sie den Kindern Märchen erzählte und Hoffnungen schürte, die unweigerlich zu Enttäuschungen führen mussten. Aber inzwischen hatte er seine Meinung revidieren müssen. Sophie erzählte keine Märchen, und sie weckte auch keine Wünsche, die unrealistisch waren. Mittlerweile fand er, dass sie eine kluge und sensible Frau war, die im Gegensatz zu ihm im Umgang mit anderen Menschen mühelos die richtigen Worte fand.

Und zu all diesen Vorzügen kam auch noch ihre Erscheinung. Sie schien sich nicht bewusst zu sein, wie attraktiv sie aussah in diesem lächerlichen Kostüm. Sie zog Blicke auf sich. Nicht nur seine, hatte er beobachtet, wenn er stumm neben der Tür stand, während die Kinder es nicht müde wurden, Tag für Tag die Auslagen zu bestaunen. Aber anscheinend bemerkte sie es nicht, oder sie war sehr gut darin, es zu verbergen. Das war bekanntlich eine Fähigkeit, die den Frauen offensichtlich angeboren war: Diese Unschuld und scheinbare

Unfähigkeit, die eigene Wirkung abzuschätzen.

Will schüttelte unwillig den Kopf. Natürlich taten sie nur so, denn damit konnte man die Wirkung steigern. Will hatte dieses Spiel lange genug miterlebt, um sich als Spezialist zu bezeichnen. Er war selbst darin gefangen gewesen, und als er es erkannte, war die Flucht unmöglich geworden. Er hatte in der Falle gesessen und zusehen müssen, hatte alle Facetten und Spielarten kennengelernt. Was er früher reizvoll gefunden hatte, war ihm nun verhasst. Diese Blicke, die schüchternen Augenaufschläge, alles war nur dazu da, zu manipulieren, falsche Signale zu senden, ein falsches Gefühl zu vermitteln. Wie eine Spinne woben sie damit ihr Netz um das Opfer, und wenn sie dann zuschlugen, war man hilflos ausgeliefert.

Wie lange hatte er im Netz gehangen, unfähig zu entkommen? Hatte zusehen müssen, wie es wieder von vorne begann, und wieder, und wieder. Solange, bis er erkannte, dass er durchaus die Macht hatte, sich zu befreien. Und dann, gerade als er dachte, dass er es beenden könnte, kam der finale Schlag. Endgültig und unwiderruflich. Und er hatte das Gefühl, noch immer im Netz zu hängen, einsam und verlassen. Der Weg war frei, aber es war zu spät für ihn. Er hatte seine Chance verpasst.

Natürlich war Will sich insgeheim bewusst, dass er

Sophie Unrecht tat. Er hatte sie genau beobachtet, ihre Reaktionen und ihr Verhalten anderen Männer gegenüber. Sie schien tatsächlich einfach nur freundlich zu sein. Er wusste nicht, ob er sich über diese Erkenntnis freuen sollte oder nicht. Einerseits war es eine gute Entdeckung, aber auf der anderen Seite... Manchmal wünschte er sich, er könnte irgend ein Anzeichen entdecken, etwas, das seine Vorurteile bestätigen würde. Dann könnte er auf sie herabsehen, sie verachten und aus seinen Gedanken streichen. Dann könnte er vielleicht diese Gefühle bezwingen, die zu empfinden er nicht mehr für möglich gehalten hatte.

Kapitel 10

Eigentlich hatte Sophie es heute Abend nicht eilig, nach Hause zu kommen. Pauline war von Christian abgeholt worden, und Ella und Claire waren zu einer Freundin gefahren und wollten dort das Wochenende verbringen. Zum ersten Mal seit langem wäre sie wirklich alleine. Sie überlegte, dass sie sich vielleicht ein langes Bad gönnen könnte, oder einen schönen Film. Gedankenverloren eilte sie dem Ausgang des Weihnachtsmarktes zu. Die Buden hatten geschlossen, aber es waren immer noch genug Menschen da, die händchenhaltend umher schlenderten, die Stimmung aufsogen oder leicht angeheitert die letzten Tassen Glühwein leerten, die vorsorglich gebunkert worden waren. Sie wich einer Gruppe angeheiterter Menschen aus, die sich nach ihr umdrehten und ihr fröhliche Weihnachtswünsche und weniger fröhliche, eindeutige Angebote zuriefen, als sie jemanden anrempelte. Sie blickte auf, um sich zu entschuldigen, und sah in vertraute, blaue Augen.

»Will. Was machen Sie denn hier um diese Zeit?« Sophie konnte ihre Freude nicht verbergen.

Er zuckte mit der Schulter. »Ich mag es kaum zugeben, aber ich habe tatsächlich Entzugserscheinungen.«

Zum ersten Mal seit Tagen hatte es heute kein Treffen auf dem Weihnachtsmarkt gegeben. Christian hatte Pauline direkt nach dem Kindergarten abgeholt, Ella und Claire waren übers Wochenende weggefahren, und er hatte Max heute Nachmittag zu seinen Eltern gebracht.

»Ich bin gerade zurück, und plötzlich wusste ich nicht, was ich tun sollte, so ganz allein. Und da bin ich halt hierhergekommen. Nennen Sie es sentimental, doch ich hatte das Gefühl, hier noch etwas von Max zu spüren. Ich weiß, er ist nur zwei Tage weg, bei meinen Eltern, aber in letzter Zeit sind wir uns viel näher gekommen.«

Sophie nickte. Sie konnte ihn sehr gut verstehen. Auch für sie war die Zeit ohne ihre Tochter schwierig. Natürlich genoss sie es, einmal nur für sich zu sein, machen zu können, was sie wollte, nicht verantwortlich zu sein, aber dennoch war sie froh, wenn sie wieder beisammen waren.

»Tja, da sind wir nun, verlassen und überfordert, die kostbare freie Zeit zu nutzen.«

Sophie überlegte kurz, dann holte sie tief Luft. »Wie wäre es, wenn wir noch etwas trinken gehen?«

Bevor sie ausgesprochen hatte, tat es ihr schon leid. Sie sah es in seinem Gesicht, dass er damit nicht gerechnet hatte. Sie wollte sich schon entschuldigen und machen, dass sie heimkam, als er plötzlich lächelte.

»Das könnte den Abend tatsächlich retten.«

Sie entschieden sich für eine kleine Bar ganz in der Nähe. Den Weg dorthin hatten sie die gegenseitigen Erzählungen getragen, wie der heutige Tag gelaufen war. Als sie sich dann jedoch bei einem Glas Wein gegenüber saßen, trat eine kurze Stille ein.

»Also verbringt Pauline das Wochenende mit ihrem Vater?«, eröffnete Will schließlich das Gespräch.

Sophie nickte. »Ja. Bei ihm und seiner neuen Freundin.«

»Sind Sie schon lange getrennt? Entschuldigung, Sie müssen mich ausbremsen, wenn ich zu neugierig bin.«

»Nein, schon gut. Wir haben uns im Frühjahr getrennt, besser gesagt, er hat sich getrennt. Nun ist er mit einer 21-Jährigen zusammen, und die meisten Wochenenden ist Pauline bei mir. Kinder passen wohl nicht mehr in sein neues Leben.«

Wills Augen waren auf sein Weinglas gerichtet. »Dann war es für Sie also doppelt schlimm? Das Ende als gleichzeitiger Anfang, meine ich.«

Sophie spielte ebenfalls an ihrem Glas herum und überlegte. Sollte sie mit ihm darüber reden? Oder sich in die Belanglosigkeiten flüchten, die sie für solche Fälle parat hatte?

»Ja, es war eine furchtbare Zeit, zumal es für mich

nicht vorhersehbar war. Aber mittlerweile... Es hat sich zu viel ereignet. Ich sehe Christian nun in einem anderen Licht. Unsere Ehe war nie im Gleichgewicht. Ich habe geliebt, er hat genommen. Nein, er hat mich auch geliebt, nur nicht in dem Maße wie ich ihn. Aber es hat nicht gereicht, und er hat es vor mir gesehen.«

»Dann war es für Sie also besser so?«

»Ich wurde zumindest dazu gezwungen, einiges zu überdenken. Ich musste lernen, wieder an mich zu denken, und selbst für mich zu entscheiden. Ich habe mich zu sehr auf ihn verlassen und hinter ihm versteckt.«

»Das ist immer die Gefahr, wenn man sich auf einen Menschen einlässt.«

»Christian ist ein Mensch, der es einem leichtmacht, sich hinter ihm zu verstecken. Er besitzt eine unglaubliche Präsenz und eine Ausstrahlung, die jeden einwickelt. Er könnte einem Nonnenkloster ein Abo für die Bravo aufschwatzen, wenn er es nur wollte.«

Sie sah ihn an, und plötzlich lachte sie. »Und er hat es geschafft, auf unseren Hochzeitsbildern besser auszusehen als ich. Ich meine, im Ernst, ich trug ein phantastisches Hochzeitskleid, und neben ihm wirke ich auf den Bildern komplett unscheinbar. Können Sie sich das vorstellen?«

Will schüttelte den Kopf. »Nein, ganz sicher nicht.«

»Doch, ich schwöre es. Auf jeder normalen Hochzeit

seufzen die Gäste, wenn die Braut auftritt. Sie raunen sich zu, wie wunderschön sie ist, und wie glücklich sie aussieht. Nun, glücklich sah ich aus, aber geseufzt wurde bei uns wegen des Bräutigams. Ich habe es erst neulich wieder überprüft, auf den Bildern, meine ich. Er steht sogar in der Mitte, auf der Hälfte der Bilder ist mein Kleid abgeschnitten.«

Will sah sie an, und dann lachten sie beide.

»Sophie, Sie hätten ihn gleich verlassen sollen.«

»Ja. Nein, denn dann hätte ich Pauline nicht. Außerdem verließ man Christian nicht einfach. Alle waren in ihn verliebt, und er hatte mich erwählt. Ich war zugegebenermaßen geblendet von ihm. Trotzdem, es war ein Zeichen, wie unsere Ehe laufen würde. Nicht dass er mich schlecht behandelt hat, aber ich war nie gleichwertig.«

Das Eis war gebrochen. Sophie fand es erstaunlich einfach, mit Will über das Ende ihrer Ehe zu sprechen. Und sogar darüber zu lachen. Er schien sich wirklich dafür zu interessieren, er stellte intelligente Zwischenfragen und hatte kluge Bemerkungen parat.

Als sie schließlich aufbrachen, war Sophie glücklich. Wie lange war es her, dass sie einen schönen Abend mit einem Mann verbracht hatte? Dass sie überhaupt einen Abend so sehr genossen hatte?

Will hatte sich erboten, sie nach Hause zu fahren,

und nach einem kurzen Zögern hatte Sophie eingewilligt. Der Bus fuhr um diese Zeit nicht mehr regelmäßig, also hatten sie einen guten Grund, den Abend noch etwas auszudehnen. Als sie sich schließlich verabschiedeten, umarmte sie ihn spontan.

»Danke. Ich hatte schon lange keinen so angenehmen Abend mehr, so ganz ohne Kind.«

Er nickte. »Ja. Manchmal tut es gut, keine Kinder um sich zu haben.«

Kapitel 11

Entgegen der eigentlichen Verabredung brachte Christian Pauline schon am Sonntagmorgen wieder zurück. Er hatte am Samstag spät abends angerufen und Sophie mitgeteilt, dass sich seine Pläne kurzfristig geändert hätten. Sophie kochte vor Wut. Nicht nur, dass Ella nicht da war und sie Pauline deshalb notgedrungen auf den Weihnachtsmarkt mitnehmen musste, sie ärgerte sich auch darüber, dass ihr Exmann Pauline einfach früher abschob, weil er etwas Besseres vorhatte.

Als die beiden vorfuhren, hatte sie sich gerade einen Tee gekocht. Sie sah auf die Uhr. Christian schien keine Zeit verlieren zu wollen, es war noch nicht mal neun Uhr. Sie öffnete die Tür, ehe er klingeln konnte. Pauline flog ihr um den Hals. Sie sah munter und gutgelaunt aus. Wenigstens das.

Auch Christian wirkte entspannt, keine Spur eines schlechten Gewissens. Offensichtlich hatte er noch etwas auf dem Herzen, denn er bat sie, kurz hereinkommen zu dürfen. Als sie am Küchentisch saßen, entstand ein kurzer Augenblick unbehaglichen Schweigens. Seltsam, wie die Dinge sich änderten, wie ein vertrauter Mensch plötzlich so fremd werden konnte, ein Schweigen so schwer lastend, dachte Sophie.

Pauline rettet sie, wie immer, mit ihrem fröhlichen Geplapper.

»Schau mal, Mama, was ich für schöne Glitzernägel habe. Toll, nicht? Wie Prinzessin Lillifee. Das hat die Roxanna gemacht. Und auch mein Gesicht. Ganz glatt und weich. Aber es war auch vorher schon so. Roxanna findet meine Haut nämlich schön, aber man kann nicht früh genug anfangen, das hat sie gesagt.«

Sophie sah Christian an, der Pauline freundlich anlächelte.

»Wer ist Roxanna?«

Christian antwortete nicht, dafür erzählte Pauline weiter, während sie mal wieder von einem Bein auf das andere hüpfte.

»Das ist eine Frau, die für Sandy solche Sachen macht. Sandy sagt, Roxanna ist eine Zauberin, aber eigentlich hat sie nicht gezaubert, nur Nagellack drauf gemacht und gecremt und mit so einem Ding mein Gesicht abgerieben, das ganz doll gewackelt hat, wie meine elektrische Zahnbürste. Das hat gekitzelt.« Sie kicherte bei der Erinnerung daran.

»Wie sieht es aus, Pauline, willst du heute mal den ganzen Tag mit mir in die Hütte 7 kommen? Ja? Dann solltest du dich jetzt vielleicht noch umziehen, da ist es nämlich ziemlich kalt. Ich habe dir was hingelegt. Meinst du, du kannst das alleine?«

»Klar, Mama, ich bin doch kein Baby mehr. Ich werde doch schon bald fünf. Und kann ich noch ein bisschen Prinzessin Lillifee anhören?«

»Sicher. Ich rufe dich rechtzeitig.« Sie küsste die Kleine und wartete, bis sie ihre Schritte auf der Treppe hörte. Dann wandte sie sich an Christian.

»Roxanna? Wer ist das denn bitte?«

Christian lehnt sich zurück und lachte. »Roxanna ist Sandys Kosmetikerin. Sandy hat Pauline mitgenommen, und die beiden haben sich einen schönen Vormittag gemacht. Sie hatten viel Spaß, die zwei.«

Sophie spürte, wie Zorn in ihr hochstieg. »Sie war mit Pauline bei ihrer Kosmetikerin? Mit einem vierjährigen Kind?«

»Na und, Sandy sagt, es ist nie zu früh dafür. Und sie hat sich echt bemüht. Sie hat lange überlegt, was sie mit ihr machen könnte. Es ist ihr wichtig, einen guten Draht zu Pauline zu bekommen.«

Einen Moment schwieg Sophie. Einen guten Draht bekommen. Lange überlegt. Und alles, was diesem Kind eingefallen war, war ein Besuch bei der Kosmetikerin gewesen?

»Ich will nicht, dass Pauline zur Kosmetikerin geht.«

»Mein Gott, Sophie, du übertreibst doch. Was ist da schon dabei? Es hat dem Kind Spaß gemacht, und ich will, dass sie gut mit Sandy auskommt. Sie wird sie schließlich noch sehr oft sehen.« Jetzt hatte sein Blick etwas herausforderndes bekommen. »Oder ist es das, was dir nicht passt? Dass Sandy jetzt ein Teil meines Lebens ist, und damit auch ein Teil von Paulines Leben?«

»Kein allzu großer Teil. Wie oft war sie in der letzten Zeit bei dir? Das kannst du dir an einer Hand abzählen. Und wenn sie dann einmal da ist, schickst du sie mit Sandy ins Nagelstudio und bringst sie einen Tag früher als ausgemacht wieder zurück.«

Er seufzte. »Ich habe es dir doch schon gesagt, unsere Pläne haben sich kurzfristig geändert. Und da ist noch etwas. Wegen Weihnachten. Sophie, hör zu, es ist folgendes...«

Er machte eine kurze Pause, und Sophie biss die Zähne zusammen. Sie wusste, was kommen würde.

»Wir haben eine Einladung erhalten. Eine exklusive Einladung, die sehr wichtig ist. Geschäftliche Beziehungen und so.« Er machte eine vage Handbewegung. »Auf alle Fälle werden wir über die Feiertage nicht hier sein.«

Sophie schwieg und sah ihn an. Das war typisch für ihn. Immer ging es nur um ihn. Früher hatte sie das nicht gestört, sie hatte es als einen Teil von ihm akzeptiert. Sie hatte seine Anschauung übernommen. Auch für sie war er immer das Wichtigste gewesen. Inzwischen hatte sie gelernt, die Dinge in einem anderen

Licht zu sehen. Es war nicht normal, dass einer so viel nahm, während der andere nur gab.

»Also bedeutet das, dass Pauline dich über die Feiertage nicht besuchen wird?«

»Ja, aber wir haben uns etwas überlegt. Wir werden stattdessen im Januar ein tolles Wochenende mit ihr verbringen. Euro-Disney-Land, zwei Tage, mit Hotel.« Die letzten Worte hatte er gesprochen wie ein Zauberer, der unter dem größtem Staunen der Zuschauer ein Kaninchen aus dem Hut zauberte.

»Euro-Disney? Alle Achtung. Dann scheinen die Geschäfte wieder besser zu gehen?«

Christian errötete. »Es war Sandys Vorschlag.«

»Du lässt dich von ihr aushalten?«

Er sprang auf. »Mein Gott, Sophie, was ist nur aus dir geworden? Wir lieben uns, und da ist es normal, dass man sich gegenseitig hilft. Im übrigen hattest du auch nichts dagegen, dich von mir aushalten zu lassen.«

In Sophie krochen Wut und Scham hoch. Aushalten lassen. Sie war seine Ehefrau gewesen, die Mutter seiner Tochter. Die Zeiten waren vorbei, aber Christians Worte schmerzten sie dennoch unglaublich. Während sie auf dem Weihnachtsmarkt stand, jeden Tag von elf bis spät abends, nur um Pauline ihr Barbie-Schloss kaufen zu können, weil er mit seinen Unterhaltszahlungen nicht nachkam, machte er sich ein schönes Leben mit seiner jungen, gutbetuchten Freundin. Ein Verdacht keimte in ihr auf, so böse, dass sie sich dafür schämte. Vielleicht war die Firma gar nicht so schlecht gelaufen? Vielleicht wollte er einfach nicht mehr arbeiten? Vielleicht gefiel es ihm, sich auf Sandys Geld auszuruhen? Vielleicht wollte er sein Geld nicht mehr für sie und seine Tochter ausgeben?

Plötzlich fühlte sie sich ziemlich müde. »Weiß Pauline es schon? Wegen Weihnachten?«

»Ja. Nicht das mit dem Ausflug, das wird ihr Weihnachtsgeschenk.« Er stand auf. »Ich muss jetzt auch los. Ich rufe dich an, um einem Termin auszumachen.« Er hatte es jetzt offensichtlich eilig.

»Willst du ihr noch auf Wiedersehen sagen?« Sophies Stimme hatte eine Gleichgültigkeit, die sie selbst überraschte. Er zögerte, ehe er nickte. Pauline wurde gerufen, und sie verabschiedete sich artig von ihrem Vater. Anscheinend hatte es ihr weniger ausgemacht als ihrer Mutter, dass das Wochenende kürzer war als gedacht und ihr Vater weniger Zeit mit ihr verbrachte hatte als ausgemacht. Sie winkte dem Auto nach und redete dabei schon wieder von anderen Dingen.

Zum Glück hatte Rosie nichts dagegen, dass Sophie heute Pauline mitgebracht hatte. Sie hatte ihrer Tochter eingeschärft, dass sie nicht stören dürfe und bitte, bitte nicht quengeln, und dafür eine sehr lange Karussellfahrt in der Pause in Aussicht gestellt. Pauline bekam von Rosie ein rotes Wichtelkleidchen, das ihr etwas zu groß war, aber ganz bezaubernd aussah, und Pauline war im siebten Himmel. Sophie sah anfangs immer wieder besorgt zu ihr hinüber, denn wenn die erste Begeisterung verflogen war, dann würden ganz schnell Langeweile und damit unvermeidliches Drängeln nach Abwechslung kommen. Aber sie schien sich getäuscht zu haben. Pauline war ganz schnell der Liebling der Hüttenbesucher. Gerade die älteren Besucher konnten sich dem Charme des Mädchens nicht entziehen, und die Kleine plauderte mit jedem und zeigte begeistert ihre Lieblingsstücke. Rosie steckte ihr immer wieder eine Süßigkeit zu, und Pauline sonnte sich in ihren Ruhm.

»Da haben wir eindeutig ein Christkind. Wenn mir der Herr noch genug Zeit schenkt, werde ich ihre Tochter in ein paar Jahren als Christkind hier haben, und sie wird genauso großartig sein wie ihre Mutter. Sie können sehr stolz sein auf ihr Kind.« Rosie betrachtete Pauline mit ihren gütigen Augen. Sie mochte Sophie und Pauline. Und sie hatte so ein Gefühl, was die beiden betraf. Rosie hatte öfters Gefühle bezüglich anderer Menschen, und meistens hatte sie Recht. Sie bemerkte Dinge, wie sie gerne betonte, und bei Sophie bemerkte sie eine Veränderung.

Rosie hätte geschworen, dass es mit diesem attraktiven Mann zusammenhing, den sie öfters hier gesehen hatte. Noch so ein Fall. Eine ganz veränderte Aura in letzter Zeit. Weniger schwarz. Rosie lächelte. Nicht umsonst stand sie noch immer Jahr für Jahr selbst in der Hütte, obwohl sie es sich hätte leisten können, zu Hause die Füße hochzulegen. Geld hatte sie genug, und ihr Neffe Christian war längst bereit, die Geschäfte zu übernehmen.

Aber Rosie liebte den Weihnachtsmarkt, die Hütte und die Magie dieser Zeit. Sie war eine unverbesserliche Romantikerin, und sie glaubte mit aller Macht an die Liebe - und an Wunder. Die meisten Menschen sahen sie nur nicht, wollten sie nicht sehen. Sie wollten lieber immer weiter daran festhalten, dass ihr Leben langweilig und vorhersehbar war. Noch einmal tätschelte sie Sophies Arm, dann wandte sie sich einem Kunden zu, ein zuversichtliches Lächeln im Gesicht.

Kapitel 12

Pauline drehte gerade die fünfte Runde auf dem Karussell, als Sophie eine bekannte Kinderstimme rufen hörte.

»Schau mal, Papa, da ist Pauline.«

Sie ließ den Blick über die Menge schweifen und sah Max auf sich zustürmen, Will an der Hand hinter sich herziehen.

»Hallo Sophie. Bitte, ich will auch auf das Karussell.«

»Hallo, na, das ist ja eine tolle Überraschung. Was macht ihr denn hier? Ich dachte, du bist bei deinen Großeltern?«

»War ich auch. Und dann ist Papa gekommen, und wir haben gegessen, und dann sind wir hierher gefahren.« Max zappelte ungeduldig von einem Bein auf das andere, während er sprach, und ließ das Karussell nicht aus den Augen.

Endlich wurde es langsam, und Sophie drückte ihm ein paar Chips in die Hand. Er spurtete los, um sich das Pferd neben Pauline zu sichern, welches eben frei wurde. Sie beobachtete, wie die Kinder freudestrahlend auf den Pferdchen saßen und sich anscheinend eine Menge zu erzählen hatten.

»Er hat nicht aufgehört zu drängeln, also sind wir etwas früher los und direkt hierher. Ich weiß nicht, wie er damit klarkommen wird, wenn der Weihnachtsmarkt wieder schließt.« Wills Augen wanderten von den Kindern zu Sophie. »Und das Schlimmste ist, ich auch nicht. Er war seit Jahren nicht mehr so glücklich wie hier.«

»Er wird etwas anderes finden. Und vielleicht können die beiden sich ja auch weiterhin treffen?« Sie hielt verlegen inne. »Ich meine, sie verstehen sich so gut, und Pauline mag ihn sehr.«

Will nickte. »Er hat das ganze Wochenende nur vom Weihnachtsmarkt erzählt, behauptet zumindest meine Mutter. Pauline hier, und Sophie da.« Jetzt war er es, der eine Pause machte. »Und, wie war der Rest deines kinderfreien Wochenendes?«

Sophie registrierte, dass Will sie eben zum ersten Mal geduzt hatte, und ein Lächeln huschte über ihr Gesicht.

»Bescheiden. Mein Exmann hat beschlossen, das Wochenende abzukürzen, weil er anderweitige Pläne hatte. Er hat mir die Kleine heute Morgen zurückgebracht, und da Ella und Claire noch nicht wieder da sind, habe ich sie notgedrungen mit in die Hütte genommen.«

»Oh.« Will sah zu den Kindern hinüber. »Und wann kommt Ella zurück?«

»Heute Abend, gegen sechs Uhr. Ich wollte sie nicht anrufen, sie macht sowieso schon viel zu viel für mich. Und Pauline scheint es zu gefallen. Sie hält sich jedenfalls tapfer. Nur wird sie nicht begeistert sein, wenn ich sie jetzt wieder da herunterholen muss, weil meine Pause gleich zu Ende ist.«

»Dann lass sie doch hier.«

Sophie sah Will überrascht an.

»Im Ernst, lass sie bei Max und mir. Wir bummeln noch etwas hier rum, und dann nehmen wir sie mit zu uns. Heute Abend bringe ich sie nach Hause. Max wäre begeistert.«

Sophie überlegte kurz, dann lächelte sie Will an.

»Das wäre großartig? Und es macht dir wirklich nichts aus?«

»Dann hätte ich es ja nicht angeboten. Nein, ich verspreche dir, ich werde gut aufpassen.«

Das Karussell hielt, und Sophie sprang hinauf, um mit den Kindern die geänderte Nachmittagsplanung zu besprechen. Pauline war entzückt. Sie verabschiedete sich mit einem ungeduldigen Küsschen von ihrer Mutter und konzentrierte sich dann wieder auf den imaginären Wettritt mit Max.

Sophie trat zu Will und war plötzlich verlegen. »Na dann, danke für das Angebot. Ich muss jetzt wirklich wieder los.«

Sie überlegte, ob sie ihn umarmen sollte, ließ es dann aber. Stattdessen strich sie kurz und leicht über seinen Mantelärmel, drehte sich um und ging eilig davon.

Rosie bemerkte sofort, dass ihr kleinstes Wichtelmädchen fehlte. Sophie erklärte, dass sie zufällig einen Bekannten getroffen habe, bei dem Pauline den restlichen Nachmittag verbringen würde. Rosies Augen strahlten, und sie war kein bisschen überrascht, als eine halbe Stunde später dieser attraktive Mann mit den beiden Kindern die Hütte betrat. Sie sah ein Leuchten in Sophies Augen. Das war mehr als nur die Freude darüber, ihre Tochter zu sehen, dessen war sich Rosie sicher. In zehn Tagen war Weihnachten, und es wurde auch langsam Zeit, dass die Magie in Schwung kam. Sie hatte nicht vor, zum ersten Mal in ihrem Leben ein Weihnachtsfest ohne Wunder zu erleben.

Sophie sah auf die Uhr, als der Bus sich ruckelnd in Bewegung setzte. Es war spät, wie üblich, und sie konnte nicht damit rechnen, dass Will noch da sein würde. Erstaunlicherweise versetzte ihr dieser Gedanke einen leichten Stich. Ihr war etwas bange gewesen vor einem erneuten Treffen, denn sie war sich bewusst, an diesem Abend in der kleinen Bar sehr viel von sich preisgegeben zu haben. Um ehrlich zu sein, hatte sie das Gespräch alleine bestritten. Nein, natürlich nicht, Will hatte nachgefragt, kluge Kommentare gemacht und ein paar Sachen gesagt, die ihr ziemlich weise vorgekommen waren. Aber er hatte eben nur reagiert. Er hatte nichts von sich erzählt, und deshalb fühlte sie sich jetzt seltsam nackt, wenn sie an ihn dachte. Aber die kurze Begegnung heute Nachmittag hatte gereicht, um ihre Bedenken zu zerstreuen. Will schien sie nicht für eine egoistische, nur an sich selbst denkende Frau zu halten, die vor jedem Fremden ihr Leben ausbreitete. Dass sie so wenig Interesse an seinem Leben gezeigt hatte, hatte einen guten Grund. Sie traute sich nicht zu fragen. Will schien alles, was sein Privatleben anging, unter Verschluss halten zu wollen, und sie wollte das respektieren.

Vielleicht war er immer noch nicht über den Tod seiner Frau hinweg, und es schmerzte ihn zu sehr, darüber zu sprechen. Schließlich war er nicht verlassen worden für einen deutlich jüngeren, neuen Partner, sondern vom Tod seiner Frau überrascht. Und gegen eine Tote hatte man es als lebende Frau schwer. Tote machen nichts mehr falsch, sie verletzen nicht mehr, und werden nicht älter.

Der Bus stoppte, und Sophie schrak hoch. Was um alles in der Welt hatte sie da eben gedacht? Mit einer toten Frau konkurrieren? Sie mochte Will, und sie mochte seinen Sohn, aber das war doch alles? Sie musste es mit niemandem aufnehmen.

Entschlossen packte sie ihre Tasche und verließ den Bus. Die letzte Station würde sie zu Fuß gehen, damit sie wieder etwas klarer im Kopf wurde.

Kapitel 13

Als Sophie mit vor Kälte geröteten Wangen endlich zu Hause ankam, wartete Ella schon auf sie. Von Will war nichts zu sehen.

»Die Kinder schlafen schon. Ich soll dir von Pauline ein Küsschen geben und sagen, dass ihr Tag gaaaanz toll war.« Ella lachte. »Will hat sie gegen sieben vorbeigebracht, sie hatte schon zu Abend gegessen und war sehr glücklich. Wie kommt es denn, dass sie bei ihm war?« Jetzt lachte sie nicht mehr, und ein besorgter Ausdruck zeigte sich in ihrem Gesicht. »Ist etwas mit Christian?«

Sophie nahm sich eine Tasse Tee und seufzte. Dann schilderte sie kurz ihr Gespräch mit Christian. »Und dann brachte er sie her, weil er etwas Wichtigeres zu tun hatte, und ich musste Pauline mitnehmen. Er weiß doch, dass ich diesen Job habe, und er hätte mal darüber nachdenken können, in welche Situation er mich damit bringt. Aber das ist etwas, worin er offensichtlich sehr schlecht ist.«

Ella hatte aufmerksam zugehört, angefangen bei Christian, bis hin zu dem zufälligen Treffen mit Will und dessen Angebot, Pauline mitzunehmen.

»Ich mag Will, weißt du. Also nicht so, dafür ist er definitiv zu wenig Franzose, aber er ist nett. Und er hat seine Sache gut gemacht. Er lässt dich übrigens auch grüßen.«

Schon wieder registrierte Sophie diese verräterische Wärme, die ihre Wangen überzog.

Ella übersah es nicht. »Und du magst ihn auch.«

Sophie nickte zögernd. Sie mochte ihn, auf eine ganz andere Weise als damals Christian. Nicht diese bedingungslose Hingabe, diese Verwunderung, dass ein solcher Mann sie bemerkte, sondern auf eine andere Art. Bei ihm hatte sie nicht das Gefühl, immer ein paar Stufen tiefer zu stehen, egal, wie sehr sie sich abstrampelte. Sie fühlte sich wohl in seiner Gegenwart, und sie fragte sich, wie es sich anfühlen mochte, durch diese Locken zu streicheln, ob der Bart kratzen würde, wenn sie ihre Wange an seine legte.

Sie gab sich einen Ruck. »Und, wie war euer Wochenende?« Sie sah ein Glitzern in den Augen der Freundin und beugte sich vor. »Erzähl. Was ist passiert?«

Ella nahm langsam einen Schluck Tee und lehnt sich dann zurück. Sie schien das hier offensichtlich zu genießen. »Also, meine Freundin Tina hatte Geburtstag, und es gab eine Party.«

Sophie nickte ungeduldig. Das wusste sie bereits.

»Es waren alle möglichen Leute da, viele kannte ich, ein paar nicht. Eine davon war eine gewisse Sandy.«

Sie machte eine Pause, und Sophie überlegte, ob sie wirklich hören wollte, was jetzt kam.

»Diese Sandy war mit ihrer Cousine Birgit da, die bei Tina in der Abteilung arbeitet. Ich habe zufällig ein paar Worte aufgeschnappt, die die beiden gewechselt haben.« Die Betonung des Wortes »zufällig« ließ keinen Zweifel aufkommen, was sie wirklich meinte.

»Also, Sandy war mitgekommen. Tina wusste natürlich, wer diese Sandy war, und hat mir einen dezenten Hinweis gegeben. Und ich habe etwas zugehört.« Ella grinste breit. »Besonders, als es um die Weihnachtsgeschenke und die Feiertage ging.«

Sophie hob die Hände. »Ich weiß schon Bescheid. Euro-Disney und eine wahnsinnig wichtige geschäftliche Einladung über die Feiertage.«

Ellas Grinsen wurde noch breiter. »Das war seine Version? Nun, von Disneyland habe ich nichts gehört, aber die Feiertage wird Christian in einer Klinik verbringen. Einer Schönheitsklinik. Erst mal ein paar Tage entspannen, und dann, wenn die Geschenke ausgepackt sind, wird er mit einem Facelifting überrascht.«

Ellas Grinsen reichte jetzt von einem Ohr zum anderen.

»Sandy ist der Ansicht, dass er in den letzten Monaten optisch doch etwas nachgelassen hat, also wird das nun in Angriff genommen. Für sie selber gibt es ein paar Peelings und Botox.«

Sophie starrte ihre Freundin sprachlos an. Dann brach sie in Lachen aus. »Das wird hart für ihn. Seine Schönheit ist sein Lebenselixier. Von seiner Freundin erwartet er sicher nicht, dass sie das in Frage stellt.«

»Nun, die Dame macht nicht den Eindruck, dass sie sich da zurückhält. Obwohl, darf ich sagen, dass ich sie eigentlich ganz nett fand? Und sehr unterhaltsam?«

Sophie nickte langsam. Noch vor ein paar Wochen wären das genau die Worte gewesen, die sie bis ins Mark verletzt hätten. Nun stellte sie überrascht fest, dass es ihr egal war. Nein, nicht egal. Sie war froh darüber. Schließlich war Sandy jetzt ein Teil von Christians Leben, und damit ein Teil von Paulines Leben. Und außerdem hatte ihr die Trennung von ihrem Mann nicht nur schlechtes gebracht. Sie hätte sonst niemals erkannt, wie sehr ihr Leben aus dem Gleichgewicht geraten war. Sie hätte nicht auf eigenen Füßen stehen müssen. Und sie hätte Will nicht kennengelernt. Will. Alle ihre Überlegungen endeten neuerdings bei ihm. Wie es schien war sie auf dem besten Weg, ihr Leben erneut in eine gefährliche Schieflage zu bringen.

Kapitel 14

Über Nacht hatte das Wetter umgeschlagen. Die klirrende, trockene Kälte war einem nicht minder kalten Dauerregen gewichen. Die Scheibenwischer surrten, als Will und Max im Auto am Weihnachtsmarkt vorbeifuhr. Es waren kaum Besucher da, und die Wenigen eilten mit Regenschirmen bewaffnet eilig dahin, um möglichst schnell aus diesem Wetter zu kommen.

Ein Aufschrei von Max ließ ihn zusammenzucken. »Da ist Sophie.«

Will blickte sich um und sah sie an der Bushaltestelle stehen, einen roten Regenschirm in der Hand, ungeduldig von einem Fuß auf den anderen tretend. Kurz entschlossen fuhr er in die Haltebucht. Er öffnete das Seitenfenster und beugte sich hinüber. »Sophie, was machst du denn hier? Spring rein, wir bringen dich nach Hause.«

Sophie zögerte nicht lange. Sie öffnete die Tür, stieg ein, schüttelte umständlich den Schirm aus und sah ihn dann an.

»Was für ein Wetter. Ich habe eiskalte Füße, mein Mantel klebt mir am Rücken, und meine Finger sind fast erfroren.«

Will grinste. »Dann sind wir ja gerade rechtzeitig gekommen. Musst du heute nicht arbeiten?«

Sophie schüttelte den Kopf, und Wassertröpfchen flogen durchs Auto.

»Heute ist so wenig los, dass Rosie beschlossen hat, mich heimzuschicken. Ich soll mir stattdessen ein paar schöne Stunden mit Pauline machen.« Sie seufzte wohlig als sie spürte, wie die Wärme der Sitzheizung langsam ihren nassen Rücken erreichte. »Und, was macht ihr noch an diesem jämmerlichen Tag?«

»Keine Ahnung. Selbst Max hat zugegeben, dass heute kein Wetter für den Weihnachtsmarkt ist.«

Will verschwieg, dass nicht nur sein Sohn enttäuscht gewesen war, als der Regen gegen Mittag nur noch stärker geworden war.

»Kann ich mit Pauline spielen?«, kam es von der Rückbank.

»Klar. Wenn ihr Zeit habt?« Den letzten Satz begleitete ein kurzer Seitenblick auf Will.

»Zeit haben wir schon, auch wenn es unhöflich ist, sich selbst einzuladen.«

Max schien nicht mitzubekommen, dass der letzte Teil an ihn gerichtet war. Er summte vergnügt vor sich hin und betrachtete die Leute auf der Straße.

»Schon in Ordnung. Das mag ich an Kindern, sie überlegen nicht lange, ehe sie etwas sagen. Und ich hätte euch so oder so eingeladen.«

Pauline war begeistert, Max und Will zu sehen, und ohne Umschweife zog sie ihren Freund mit sich in das Kinderzimmer. Sie spielte mit Claire gerade ein kompliziertes Spiel, in dem es um Prinzessinnen, Drachen und tapfere Ritter ging, und Max wurde ohne Umschweife zum Retter der holden Fräuleins gemacht. Sophie entschuldigte sich und ging, um sich etwas Trockenes anzuziehen.

Ella hatte nur kurz aufgesehen als die beiden die Küche betraten und dann verkündet, dass sie eben im Begriff gewesen wäre, ein langes Bad zu nehmen. Sie verschwand ebenfalls nach oben, und Will blieb alleine in der großen Wohnküche zurück.

Langsam ging er zum Tisch und sah sich dabei im Raum um. Auf den Fensterbänken standen Nikoläuse aus Holz, und das Regal an der gegenüberliegenden Wand zierte ein großer, silbern glänzender Stern. Lichterketten hingen um die Fenster, und an der Tür des großen Kühlschrankes waren Kinderzeichnungen angepinnt, die wahlweise Schneemänner, Weihnachtsbäume oder einfach nur Geschenke zeigten. Auf dem Tisch stand ein großer Adventskranz, der immer noch schwach nach Tannenzweigen duftete, und auf dem drei der vier großen, dunkelroten Kerzen brannte. Er war geschmückt mit allerlei Bändern und Spitze, und dazwischen thronte ein mächtiger, röhrender Hirsch.

Will wartete auf das vertraute Gefühl der Abneigung angesichts dieser Menge an weihnachtlichem Zierrat, aber überraschenderweise stellt er fest, dass er es mochte. Es war ein angenehmer Raum, und die darin herrschende Stimmung machte ihn seltsam ruhig und friedlich.

Er hatte noch nicht Platz genommen, als Sophie zur Tür hereinkam. Sie trug jetzt eine schmal geschnittene Jeans und einen weißen Kapuzenpulli. Die feuchten Haare hatte sie offensichtlich gekämmt, und die Locken umspielten sanft ihr Gesicht.

Will wurde sich plötzlich bewusst, dass er sie anstarrte, und machte eine vage Handbewegung in den Raum. »Schön hier.«

Sie lachte. »Ja. Ich liebe es zu dekorieren, und Ella lässt mich machen.«

Sophie ging hinüber zur Spüle und füllte den Wasserkocher. »Tee?«

»Gerne.«

Eine Weile sah er ihr schweigend zu, wie sie zwei Tassen aus dem Schrank nahm und auf den Tisch stellte, dazu Zucker und Milch. Dann öffnete sie eine große Dose und verteilte Weihnachtsplätzchen auf einem Teller. Sie goss den Tee auf, trug die Kanne zum Tisch und nahm endlich Platz. Zu der weihnachtlichen Dekoration war nun noch ein leichter Duft nach Zimt und Lebkuchen gekommen, und Will lehnt sich zurück. Alte Erinnerungen kamen in ihm hoch, Erinnerungen an Zeiten, als es normal gewesen war, sich auf Weihnachten zu freuen, diese Gerüche einzuatmen, diese Behaglichkeit zu spüren. Er sah Sophies Augen auf sich ruhen, und einen Moment war er glücklich. Dann brachen plötzlich andere Erinnerungen über ihn herein, an andere Zeiten, als Kerzenglanz und der Duft nach Plätzchen nicht mehr ausreichten, um alles gut zu machen, und sein Gesicht verdunkelte sich.

»Du bist nicht gerade ein Fan von Weihnachten?« Sophies Stimme klang zögernd, aber ihr Blick blieb klar und fest.

Will schüttelte den Kopf. »Meine Frau ist in der Weihnachtszeit verunglückt, oder besser gesagt, in den Tagen nach Weihnachten.«

Er hatte nicht darüber sprechen wollen, aber hier schien es im plötzlich möglich. Sophies Augen machten es möglich.

»Sie war Skilaufen. Meine Frau, Elise, war eine begeisterte Skiläuferin. Sie war Schweizerin, in den Bergen aufgewachsen, und sie war eine Frau, die keine Angst kannte. Sie ist verunglückt, und die Ärzte konnten nichts mehr für sie tun. Damals waren Helme für Skifahrer noch nicht so populär, und sie hatte gelacht, als ich sie bat, einen zu tragen. Max war gerade zwei

Jahre alt gewesen.«

Er brach ab. Er sollte aufstehen und gehen, ehe es zu spät war. Er sollte zusehen, dass er dieser Frau entkam, solange er noch die Möglichkeit hatte. Aber dann hob er wieder den Blick und sah sie an. Er holte tief Luft und begann zu erzählen.

Kapitel 15

»Elise war eine Frau, wie ich es noch nie erlebt hatte. Schön, wahnsinnig schön, voller Witz und Lebensfreude und Energie. Sie brach wie ein Orkan über mein Leben herein, und ich war ihr vom ersten Tag an verfallen.«

Er machte eine kurze Pause und nahm einen Schluck Tee.

»Es dauerte nicht lange, und ich konnte mir ein Leben ohne sie nicht mehr vorstellen. Bereits nach einem Jahr haben wir geheiratet, und an diesem Tag war ich der glücklichste Mann der Welt. Alle beneideten mich um meine schöne Frau, besonders meine Freunde. Sie flirteten mit ihr und überschlugen sich, ihr zu Gefallen zu sein. Ich ließ sie machen, denn schließlich war ich es gewesen, den sie geheiratet hatte. Als sie dann auch noch schwanger wurde, war mein Glück perfekt. Zumindest für kurze Zeit, denn Elise schien sich mit der Schwangerschaft sehr zu verändern. Sie wurde launisch und unruhig. Der Gedanke, Mutter zu werden, versetzte sie in Schrecken. Sie fühlte sich plötzlich noch nicht bereit, sich zu binden, ihre Freiheit aufzugeben. Ich versuchte sie zu beruhigen und ihr zu versichern, dass jede Frau in der Schwangerschaft einmal solche Gedanken hat.«

Wieder machte er eine kurze Pause. Sophie hatte die Beine angezogen und die Knie umschlungen. Sie sah ihn nach wie vor an, und in ihrem Gesicht lagen Mitgefühl und eine Art der Neugier, die nicht sensationslüstern war, sondern echtes Interesse an seiner Geschichte zeigte.

Er seufzte und fuhr fort. »Aber es wurde nicht besser, im Gegenteil. Elise hatte beschlossen, das Leben auszukosten, sich nicht von einem Kind den Spaß verderben zu lassen. Immer wieder sagte sie mir, dass sie nicht bereit wäre, daheim mit einem Kind zu versauern. Ich versprach ihr, dass wir eine Lösung finden würden. Ich muss zugeben, ich dachte, wenn das Kind erst da wäre, würde es besser werden. Wenn sie das Kind in ihren Armen hielt, dann würde sich alles einrenken, dachte ich.

Aber vorerst wurde nichts besser, unaufhaltsam rutschen wir tiefer in den Schlamassel. Elise begann nun ihrerseits, mit allen Männern zu flirten, denen sie begegnete. Ich schob es weiterhin auf die Hormone und hoffte, dass nach der Geburt alles besser würde. Und eine Weile sah es auch so aus. Aber dann ging es wieder los, und es war noch schlimmer als zuvor. Wenn wir ausgingen, war sie ständig auf der Jagd nach Bestätigung. Sie zeigte immer weniger Interesse an Max. Sie flirtete wie verrückt, und es dauerte nicht lange, bis ich merkte, dass sie es nicht beim Flirten beließ. Sie hatte Liebhaber, und während ich daheim war mit einem Kleinkind, trieb sie sich immer öfters auf Partys herum. Meine Versuche, sie zu begleiten, wehrte sie ab. Ich solle ruhig daheim mein Glück als Familienvater ausleben, das würde zu mir passen. Ich redete, ich schrie, ich drohte, aber Elise war nicht zu bremsen. Schließlich bot ich ihr die Scheidung an. Sie lehnte ab. Sie wollte beides, ihre kleine Familie und ihre Abenteuer. Sie hat mich auf ihre verquere Art wohl immer noch geliebt, aber ich reichte nicht mehr aus. Nach einem weiteren Jahr war ich am Ende, und ich stellte ihr ein Ultimatum. Sie überlegte drei Tage, in denen sie irgendwo untergekommen war. Dann kam sie reumütig zurück und bettelte mich an, bei ihr zu bleiben. Sie wüsste jetzt, was sie wolle, und sie würde sich ändern. Wenige Wochen später war Weihnachten, und wir verlebten friedliche und schöne Festtage. Alles war so, wie es sein sollte.«

Er machte wieder eine Bewegung, die den Raum, die Lichter, Kerzen und Weihnachtsmänner einschloss.

»Es war nicht leicht, aber ich wollte ihr glauben, dass nun alles gut würde, schon wegen Max. Ich bemühte mich, zu vergessen, was sie angerichtet hatte, und neu zu beginnen. Nach den Feiertagen hatte sie den Wunsch, für ein paar Tage zu ihren Eltern in die

Schweiz zu reisen. Sie vermisse den Schnee, und sie wolle Skilaufen. Ich hatte keinen Urlaub, und so fuhr sie alleine mit Max. Und dann kam der Anruf.«

Will starrte gedankenverloren in seine Tasse.

»Meine Schwiegereltern waren am Telefon. Es hatte einen Unfall gegeben, Elise war gestürzt. Ich fuhr in Panik los, die ganze Nacht hindurch. Als ich ankam, sah ich in ihren Gesichtern, dass ich zu spät war. Ich war wie von Sinnen. Ich wollte sie sehen, und dabei erfuhr ich, dass sie gar nicht hier gewesen war. Sie hatte Max bei ihren Eltern gelassen und war kurzentschlossen ein paar Tage nach Davos gefahren. Dann ging alles ganz schnell. Sie war nicht alleine dort gewesen. Im Hotel sagte man mir, dass ihr Begleiter abgereist wäre und ihre Sachen zurückgelassen habe, ob ich sie mitnehmen könnte. Ich weiß bis heute nicht, wer er war.« Seine Hand fuhr sich durch die Locken.

»Aber das Schlimmste daran ist, dass ich seither einen ungeheuren Zorn auf Elise habe. Ich konnte nicht trauern, weil ich keinen Platz für Trauer hatte. Ich habe sie gehasst, dafür, dass sie mich schon wieder angelogen hatte. Was sie Max angetan hatte.« Er holte tief Luft. »Ich habe meine Frau dafür gehasst, dass sie gestorben war und mich damit in eine Situation brachte, in der ich sie nicht hassen durfte. Dass sie mich wieder betrogen hatte und mir keine Gelegenheit gab, etwas zu tun. Ich fühlte mich erpresst: Ich bin tot, deshalb darfst du mich nicht verurteilen für das, was ich getan habe.«

Sein Blick fiel auf Sophie, und er sah, dass Tränen in ihren Augen schwammen. Und plötzlich fühlte er, wie sich ein Knoten in seiner Brust löste. Ein Knoten, der ihm seit vier Jahren die Luft zum Atmen nahm, ihn dazu zwang, vor dem Leben davonzulaufen.

Sophies Hand langte über den Tisch und drückte seine, und endlich fühlte er die Tränen, die er nicht hatte vergießen können. Er weinte um seine Frau, seine große Liebe, und all die Umstände, die sie beide nicht hatten überwinden können. Er weinte um Max, der seine Mutter nicht kennengelernt hatte, um die fröhliche und liebenswerte Frau, die sie einst gewesen war, und er weinte um sich. Es kam ihm vor, als weinte er um die ganze Welt, und als wollten die Tränen nie mehr versiegen, jetzt, wo sie einmal den Weg hinaus gefunden hatten.

Irgendwann löste Sophie sanft ihre Hand und kam um den Tisch. Sie nahm ihn in ihre Arme, und wie ein Kind weinte er, während ihre Hand sanft durch sein Haar strich. Als er endlich aufhören konnte, hob er den Blick und sah, dass auch ihre Wangen tränenfeucht waren. Einen Moment spürte er Verlegenheit, aber plötzlich wusste er, dass sie ihn verstand. Vier Jahre lang hatte er all das in sich hineingefressen. Er hatte mit niemandem darüber gesprochen, aber nun endlich hatte er den Menschen gefunden, der ihn verstand, nicht verurteilte. Der mit ihm fühlte, nicht richtete. Will schob sich die Brille aus dem Gesicht und rieb sich die geröteten Augen.

»Danke.«

Für diesen kurzen Augenblick hatte war sie für ihn nicht die attraktive Frau gewesen, in deren Armen er wie ein Kleinkind jämmerlich heulte. Sie war seine Rettung, sein persönliches Weihnachtswunder.

Kapitel 16

Als Sophie merkte, dass Will sich langsam wieder unter Kontrolle bekam, löste sie sich von ihm und kehrte auf ihren Stuhl zurück. Seine Erzählung hatte sie komplett aus der Bahn geworfen. Sie hatte zugegebenermaßen mit einer etwas anderen Geschichte gerechnet. Wills Gefühle hatten sie erschüttert, und sie konnte seinen Zorn und seine Ohnmacht gut verstehen. Wie furchtbar musste es sein, einen nahestehenden Menschen zu verlieren und nicht trauern zu können. Sie hatte die ganze Zeit über nur zugehört, das Gefühl gehabt, in nicht in seinem Redefluss unterbrechen zu dürfen. Nun rang sie nach Worten.

»Ich wäre an deiner Stelle auch zornig gewesen.« Sie zögerte kurz, dann sah sie ihm in die Augen. »Ich kann dich verstehen. Dieses Gefühl, dass der andere etwas Falsches getan und sich davongemacht hat, ehe er zur Rechenschaft gezogen werden konnte.«

Will nickte langsam. »Ich habe mit keinem Menschen darüber gesprochen, über den anderen Mann, der bei ihr war. Keiner sollte es erfahren. Alle sahen nur, dass ich nicht angemessen reagiert habe.« Wieder eine vage Handbewegung.

»Du musst ihr verzeihen. Und du musst dir verzeihen. Lass nicht zu, dass sie dein restliches Leben dominiert.« Sophies Stimme klang sanft und weich. Dann hörten sie die Kinder oben im Flur. Sie holte tief Luft.

»Vielleicht brauchst du noch einen Moment für Dich?« Sie wies mit der Hand in Richtung der Gästetoilette. Will stand auf und verschwand, während die Kinder die Treppe herunterpolterten.

»Hunger!« schrie Pauline, und Claire und Max stimmten begeistert ein.

»Hunger, Hunger, Hunger«, schrien sie und tanzten dabei um den Tisch. Sophie straffte sich und zwang sich zu einem Lächeln.

»Wie wäre es mit ein paar Plätzchen? Und später Pfannkuchen?«

Die Kinder nickten begeistert. Sophie stellte Gläser auf den Tisch und versorgte alle mit Apfelsaftschorle. Der Plätzchenteller war schon fast leer, als Will zurückkehrte. Sophie warf ihm einen prüfenden Blick zu. Die Augen waren definitiv geschwollen, aber er schien sich wieder im Griff zu haben.

»Max isst doch mit?« Pauline schnappte sich die letzte Makrone.

»Wenn er will«, antwortete Sophie und sah Will fragend an. Ein Nicken, ein winziges Lächeln.

»Dann geht mal noch ein bisschen spielen. Ich rufe euch, wenn ich fertig bin.«

Sie ging hinüber zur Arbeitsfläche und begann, den Teig für die Pfannkuchen zu rühren. Will setzte sich, griff nach dem inzwischen kalten Tee und sah ihr zu, wie sie eine Pfanne auf den Herd stellte und begann, die Pfannkuchen zu backen. Sie sprachen nicht, aber die Stille, die sie umfing, war keineswegs unangenehm.

Dann kam Ella in die Küche, mit nassen Haaren und einer glänzenden Nase. »Pfannkuchen? Du bist ein Schatz, Sophie.«

Sie begann, Teller aufzutragen, und Will bemerkte, dass sie ohne Nachfrage für ihn und Max mit auflegte. Er hatte gesehen, wie ihre Augen ihn kurz gestreift hatten, und sicher war ihr sein desolater Zustand nicht entgangen. Umso dankbarer war er, dass sie es überspielte.

Mit drei Weingläsern in der Hand trat Ella wieder an den Tisch.

»Weiß oder Rot?« Sie sah fragend in die Runde.

»Weiß«, kam es fast gleichzeitig von Sophie und Will.

Ella grinste und ging zum Kühlschrank, um eine Flasche Weißwein zu holen. Sophie nahm den letzten Pfannkuchen aus der Pfanne und stellte die Platte auf den Tisch.

»Pfannkuchen mit Zimt und Zucker. Kein besonders exquisites Mahl, fürchte ich.«

»Wir haben auch noch ein Glas Apfelmus im Kühlschrank.« Ella erhob sich grinsend noch einmal und holte das Glas.

Will hob eine Augenbraue. »Na, wenn es dazu noch Apfelmus gibt... Was will man mehr.«

Es mochte ein einfaches Mahl sein, aber es wurde ein fröhliches, ausgelassenes Abendessen. Die Kinder bestritten einen Großteil der Unterhaltung, und Sophie und Ella zeigten sich an den richtigen Stellen tief beeindruckt. Will war schweigsam, aber weder Ella noch Sophie schienen es zu bemerken.

Nach dem Essen kletterte Pauline auf Sophies Schoß und ließ zu, dass diese ihr gedankenverloren durch die Haare strich und Zöpfe flocht, die sie dann wieder öffnete, um gleich darauf erneut damit zu beginnen. Ella hatte Claire auf ihren Knien sitzen, und Max schmiegte sich in die Arme seines Vaters. Das Gespräch drehte sich um belanglose Dinge, ab und zu unterbrochen von den Einwürfen der Kinder. Nach einer Weile bemerkte Sophie, dass Pauline mehrmals verstohlen gähnte. Die Erzählungen verstummten, und Will räusperte sich.

»Ich denke, es ist Zeit zu gehen.«

Max protestierte schwach, und Sophie versprach ihm, dass er bald wieder kommen dürfte.

Pauline regte sich. »Bringst du mich heute in Bett, Mama? Und liest du uns eine Geschichte vor?«

»Aber natürlich, Süße. Geh doch mit Claire schon

hoch und zieht euch eure Schlafanzüge an. Ich bin gleich bei euch.«

Die Mädchen standen gähnend auf und verabschiedeten sich von Max und Will.

»Ich gehe schon mal mit euch nach oben. Max, es war schön, dass du da warst. Will, ich hoffe, wir sehen uns bald wieder.« Ella stand auf und ging mit den beiden Mädchen hinaus.

Sophie begleitete ihre Gäste zum Auto. Sie verabschiedete sich von Max und erinnerte ihn noch einmal daran, dass er versprochen habe, den Besuch bald zu wiederholen.

Während der Junge umständlich begann, sich festzuschnallen, wandte Will sich an Sophie.

»Es tut mir leid. Jetzt hast du einmal einen freien Abend, und ich halte dich davon ab, ihn mit deiner Tochter zu verbringen.«

»Ich fürchte, wenn du Pauline die Wahl gelassen hättest zwischen mir und Max, dann hätte sie ihn gewählt.«

Wieder lächelte er sein schiefes Lächeln. »Danke, Sophie. Dieser Abend war in jeder Hinsicht etwas Besonderes für mich.«

Er beugte sich vor und nahm sie in den Arm. Sophie spürte seinen Bart an ihrer Wange. Es kratze, aber sie genoss das Gefühl. Viel zu schnell machte er sich frei und stieg ein. Sophie winkte Max noch einmal zu und ging dann entschlossen ins Haus zurück, um Pauline in den Schlaf zu lesen.

Kapitel 17

Will fühlte sich großartig, als er an diesem Abend nach Hause kam. Eine zentnerschwere Last war von ihm genommen worden. Wie lange hatte er dieses Geheimnis alleine mit sich herum getragen? All die Jahre war er überzeugt gewesen, dass er ein schlechter Mensch war. Ein Mann, der seine Frau dafür hasste, gestorben zu sein und ihn damit zwang, mit dieser unvollendeten Geschichte zu leben. Nun erkannte er plötzlich, wie falsch er gelegen hatte in dieser Zeit.

»Verzeih ihr, und verzeih dir«, hatte Sophie gesagt. Will verstand, was sie damit meinte. Er musste loslassen. Er musste akzeptieren, was passiert war. Und er musste zulassen, dass er Elise immer noch liebte, irgendwie, und trotz allem. Auf eine andere Art. Die Frau, die er geheiratet hatte, die Mutter seines Sohnes. Es hatte auch gute Zeiten gegeben, und er musste sich auf sie besinnen. Die ganze Zeit war er vor jeglicher Art Liebe geflüchtet. Jede Frau war eine potentielle zweite Elise gewesen. Alles schien nur darauf hinauszulaufen, wieder zu lieben und wieder verletzt zu werden. Es war ihm folgerichtig erschienen, es nie wieder zuzulassen, dass jemand ihm so nahekam. Wie konnte eine Frau ihn lieben und achten, wenn er es selbst nicht tat?

Aber Sophie hatte die Dinge geändert. Sie hatte ihn dazu gebracht, sich zu öffnen und sich selbst zu stellen. Und sie hatte ihn nicht verurteilt. Sie hatte nicht gesagt, wie schlimm es wäre, solche Gedanken zu haben, oder wie traurig, dass er sein Leben verschwende. In ihren Augen hatte er Vergebung gefunden, und Verständnis. Diese grünen Augen, die ihn scheinbar mühelos dazu brachten, Dinge zu tun, die unmöglich schienen.

Er hatte sich heute Abend zurückhalten müssen, als er sie zum Abschied umarmte. In der Küche, als die ganze Geschichte ihn überwältigt hatte, war sie für ihn nichts weiter als ein guter Freund gewesen, dessen Nähe er tröstlich annehmend konnte. Draußen, am Auto, war es ganz anders gewesen. Will hatte den Duft ihrer Haare gerochen, ihr Shampoo, irgend etwas Blumiges. Er hatte den Duft ihrer Haut wahrgenommen, und zum ersten Mal empfand er nicht den Wunsch nach Flucht, wenn er eine Frau in seinen Armen hielt. Im Gegenteil, er hatte sich zurücknehmen müssen, um sie nicht auf der Stelle zu küssen.

Er seufzte. Das war nicht sein Plan gewesen. Frei zu sein, nur um sich augenblicklich wieder neu zu verlieben. Und dennoch konnte er nicht anders. Er pfiff leise vor sich hin, während er noch ein paar Handgriffe im Haushalt tat. Dann sah er sich um und überlegte kurz.

Er ließ das schmutzige Geschirr stehen und ging in den Keller. Die Kiste war ganz hinten. Er holte sie heraus und trug sie nach oben. Zeit, nach vorne zu blicken.

Als Max am nächsten Morgen das Wohnzimmer betrat, riss er staunend die Augen auf.

»Wow«, sagte er langsam und drehte sich im Kreis.

Will stand müde, aber glücklich in der Tür und sah seinem Sohn zu. Auch für Max war es nicht leicht gewesen, obwohl er seinen Vater gar nicht anders kannte. Das würde sich nun ändern, beschloss er. Er und Max würden jetzt ein anderes Leben in Angriff nehmen. Und wer weiß, vielleicht würde Sophie eines Tages ein Teil davon sein.

»Papa, hast du das gemacht?« Max drehte sich um und flog in Wills Arme.

»Nun, in einer Woche ist Weihnachten. Höchste Zeit, dass wir uns darauf einstimmen.«

Max nickte begeistert und lief los, um alles zu bestaunen. Will wurde warm ums Herz. Ein paar Lichterketten, eine Horde Rentiere und eine Handvoll Sterne, mehr war nicht nötig, um eine weihnachtliche Stimmung zu schaffen und die Augen seines Sohnes zum Leuchten zu bringen. Der Adventskranz, auf dessen Kauf Max jedes Jahr beharrte, und der bisher wie eine exotische Dekoration gewirkt hatte, stand auf einer Tischdecke, die mit Sternen und dicken Weihnachtsmännern geschmückt war. Max ließ seine Finger über die aufgestickten Figuren gleiten.

Während Will das Frühstück richtete, hörte er seinen Sohn leise singen. Na bitte, dachte er, geht doch. Zum ersten Mal seit langem war er wieder richtig stolz auf sich. Und dann begann er Pläne zu machen. Er hatte dem Leben lange genug zugesehen, es war Zeit, wieder mitzumischen. Nachdenklich sah er Max an. War es verwerflich, ein Kind für seine Zwecke einzuspannen? Bestimmt, aber das war ihm egal. Das Glück war ihm unverhofft vor die Füße gelaufen, und er würden alles tun, um es zu halten.

Kapitel 18

Die restlichen Tage vor dem großen Fest vergingen wie im Fluge. Sophie hatte alles geplant. Die Geschenke waren verpackt, ein Baum stand draußen bereit, und sie hatte eine Liste geschrieben, was sie noch einkaufen musste. Der 23. Dezember war der letzte Tag auf dem Weihnachtsmarkt. Diese letzte Woche war noch einmal lang und anstrengend gewesen, aber dennoch würde sie es vermissen, wenn es morgen vorbei war.

In der Hütte 7 herrschte heute eine wehmütige Stimmung. Und dann war der letzte Kunde draußen, und Rosie wandte sich ihrem Team zu. Heute Abend waren noch einmal alle zusammengekommen, die in den letzten Wochen hier gearbeitet hatten, und eine wilde Horde Elfen und Wichtelfrauen drängten sich zwischen den geplünderten Auslagen. Im Gegensatz zu sonst lachten sie aber nicht, sondern blickten erstaunlich feierlich drein.

Sophie sah sich um und schluckte. Wie widerwillig hatte sie diesen Job angenommen. Der Gedanke, hier als Christkind zu arbeiten, hatte ihre Stimmung nicht gerade gehoben, und die Aussicht, jeden Tag dem weihnachtlichen Trubel ausgesetzt zu sein hatte sie sogar geängstigt. Was war passiert, dass diese letzten Wochen dennoch zu den besten ihres Lebens geworden waren? Wann genau hatte der Zauber von Hütte 7 sie überwältigt?

Sie konnte es nicht sagen, aber sicher war, dass hier irgend etwas mit ihr passiert war. Ihr Leben war in eine neue Bahn geraten, und zum ersten Mal, seit Christian ihr offenbart hatte, dass ihr gemeinsames Leben vorbei wäre, sah sie mit Zuversicht und Freude in die Zukunft. Sie würden es schaffen. Und sie würde einen Job finden. Woher sie diese Zuversicht nahm, war ihr schleierhaft. Sie blickte auf Rosie und musste lächeln. Wahrscheinlich war ich zu viel mit ihr zusammen, dachte sie. Dieses ewige Gerede von Wundern. Die alte Dame schien ihre Gedanken zu spüren, denn einen Moment begegneten sich ihre Augen, und Rosie zwinkerte kaum merklich. Dann rieb sie sich die Hände, wandte sich ihrem Team zu und begann zu sprechen.

»Was wir hier hatten war nur der Weg. Wenn wir es geschafft haben, ein paar Menschen den Weihnachtszauber ins Herz zu pflanzen, dann haben wir unser Ziel erreicht. Und wenn wir morgen Weihnachten feiern, sind unsere eigenen Herzen bereit für ein Wunder.«

Sophie und die anderen grinsten sich an. Rosie und ihr Glaube an Wunder hatte jeden Tag für Schmunzeln gesorgt.

Aber wenn nun doch etwas dran war? Hatte sich ihr Leben nicht positiv verändert, seit sie hier gearbeitet hatte? Sie war selbstbewusster und selbstständiger geworden. Sie hatte viel mehr gelacht in den letzten Wochen. Es hatte ihr Spaß gemacht und ein gutes Gefühl gegeben, wieder zu arbeiten, wenn auch nur als Aushilfe. Der Umgang mit Menschen hatte ihr besonders gut gefallen. Und sie hatte Christian abgelegt. Ellas Geschichte über das bevorstehende Lifting hatte den Rest besorgt. Sie glaubte keine Sekunde, dass er sich dem widersetzten würde, im Gegenteil. Wahrscheinlich war dies das perfekte Geschenk für ihn. Ein Tribut an seine Schönheit.

Zum Abschied überreichte Rosie jedem Mitarbeiter einen Umschlag mit der versprochenen Zulage und bedankte sich für die gute Zusammenarbeit. Sie umarmte jeden einzelnen und versprach ihnen schon jetzt einen Job für das kommende Jahr.

Zuletzt wandte sie sich Sophie zu.

»Sophie, Sie waren ein großartiges Christkind. Wenn sie nächstes Jahr wieder in der Hütte 7 arbeiten wollen, sind sie herzlich willkommen. Aber ich fürchte, dass Sie nächstes Jahr nicht mehr bei uns sind. Ich sehe so viel Gutes für Sie, und ihr Wunder ist ganz nahe.« Dann hob sie drohend den Zeigefinger. »Aber Sie müssen mich nächstes Jahr hier besuchen kommen.«

Sophie war ganz warm geworden bei diesen Worten, und spontan umarmte sie die alte Dame. »Danke. Danke für alles. Und vielleicht sehen wir uns schon vorher wieder? Was machen Sie denn, wenn kein Weihnachtsmarkt ist?«

Rosie zwinkerte mit den Augen und legte einen Finger an die Nase. »Oh, dies und das. Die Weihnachtswerkstatt ist immer in Betrieb.«

Sie lachte noch einmal ihr schallendes Lachen, und zum letzten Mal sah Sophie die silbergrauen Löckchen fliegen. Dann gab sie sich einen Ruck und legte ihren Christkind- Mantel in Rosies ausgestreckte Hände. Ein letztes kurzes Lächeln, ein letzter Blick, dann verließ sie die Hütte 7.

Am nächsten Morgen stand Sophie früh auf. Sie hatte noch unendlich viel zu tun, bevor sie mit Pauline zum versprochenen Schlittschuhlaufen aufbrechen würde. Eigentlich hatte sie vorgehabt, heute Abend ein festliches Mahl aufzutischen, aber ihre Tochter hatte gebettelt, dass sie Pfannkuchen wolle. Pfannkuchen am Heiligen Abend! Aber schließlich hatte sie doch nachgegeben. Sie waren alleine, und warum sollte sie diesen Wunsch nicht erfüllen? So hatte sie wenigstens Zeit für Pauline und stand nicht stundenlang in der Küche. In letzter Zeit hatte die Kleine viel zu oft auf sie verzichten müssen, und Sophie wollte heute nicht schon wieder den ganzen Tag mit anderen Dingen beschäftigt sein. Heute würden sie es genießen, wieder Zeit füreinander zu haben.

Sie bereitete das Frühstück zu und kochte gerade Tee, als Ella in die Küche trat. Kurz darauf hörten sie die Mädchen die Treppe herunterpoltern, und alle setzten sich um den großen Tisch. Es war eine fröhliche Runde, und die weihnachtliche Vorfreude strahlte aus jedem Augenpaar. Als die Kinder sich erhoben und noch einmal nach ober gingen, um jede Minute bis zu Claires Abfahrt zum Spielen zu nutzen, setzten sich Sophie und Ella ein letztes Mal am Tisch zusammen.

»Ich weiß gar, wie ich ohne dich Weihnachten feiern kann. Du bist die beste Freundin und Mitbewohnerin, die ich mir vorstellen kann.« Ella legte eine Hand auf Sophies.

»Mach dir um uns keine Sorgen, wir werden ein wunderbares Fest feiern, auch wenn ich den Großteil der Zeit auf dem Boden sitzend mit Barbies spielen muss.«

Sie lachten beide.

»Danke, Ella. Ich weiß nicht, was ich ohne dich gemacht hätte. Danke und frohe Weihnachten. Ich wünsche dir, dass du dein ganz persönliches Weihnachtswunder erleben wirst.«

Sie umarmten sich lange, dann straffte Ella sich. »Ich

mache mich lieber auf den Weg.«

»Einen Moment noch.« Sophie rannte die Treppe hoch und holte eine große Tüte aus dem Schrank. Sie brachte sie nach unten und überreichte sie ihrer Freundin. »Aber erst heute Abend auspacken.«

»Meine Geschenke für Euch liegen schon unterm Baum. Ich habe das Zimmer abgeschlossen, das ist Tradition hier am Heiligen Abend. Schon als ich noch ein Kind war, hat meine Oma das immer so gemacht.«

Sophie nahm den Schlüssel und nickte. Ella hatte gestern mit den Kindern den Weihnachtsbaum geschmückt. Es war ihr nicht leicht gefallen, auf das gemeinsame schmücken zu verzichten, aber der letzte Abend auf dem Weihnachtsmarkt war lang gewesen.

Als sie endlich nach Hause gekommen war, hatte Ella ihr lachend verboten, den Baum zu bewundern. »Dann ist es auch für dich ein besonderer Moment, wenn du ihn zum ersten Mal siehst.«

Jetzt standen Pauline und Sophie in der Kälte und winkten, bis Ellas Auto um eine Biegung fuhr und verschwand. Auch wenn Sophie es sich nicht hatte anmerken lassen, so tat sie sich doch schwer damit, dass Ella heute nicht da sein würde. Aber sie war ja nicht alleine. Sie hatte Pauline, und das war das Wichtigste.

Sie wandte sich dem Mädchen zu. »Und jetzt gehen wir Schlittschuhlaufen.«

Paulines Gesicht, das beim Abschied von Claire so traurig geworden war, hellte sich auf, und sie hüpfte davon, um sich Mantel, Mütze und Handschuhe zu holen.

Kapitel 19

Als Will mit Max zur Eislaufbahn strebte, konnte er schon von Weitem Sophie und Pauline sehen. Sie trugen beide rote Mäntel und waren leicht auszumachen, denn heute herrschte wenig Betrieb hier. Die meisten hatten wohl etwas Besseres zu tun an diesem Tag. Er grinste. Er konnte sich nichts Besseres vorstellen, als mit diesen Menschen genau hier zu sein.

Die beiden sahen ihn erst, als er und Max mit ihren Schlittschuhen die Bahn betraten. Sophie lächelte ihm zu, ließ dabei aber Pauline nicht los, die ziemlich unsicher auf dem Eis stand. Er zwinkerte Max zu, nahm seine Hand und fuhr los. Max schlug sich wacker. Sie waren in den letzten Tagen öfters hier gewesen und hatten heimlich geübt, und Max hatte die erste Unsicherheit abgelegt.

Pauline sah ihn mit staunenden Augen an. »Du kannst ja Schlittschuh fahren.«

Sie war schwer beeindruckt, und Will sah, wie Max bei diesem Kompliment sichtbar aufblühte. Er straffte sich, ließ Wills Hand los und fuhr ein paar wackelige Meter, ehe er bei Pauline stehenblieb. Will war stolz auf den Kleinen, immerhin war er nicht hingefallen.

Dann stieß er sich ab und folgte ihm. »Sophie.«

Er hätte sie gerne umarmt, doch sie hielt immer noch Paulines Hand fest umklammert. Ihre Augen strahlten ihn an, und wieder durchfuhr es ihn. Himmel, wie sehr er diese Frau wollte. Er würde alles tun, um sie zu bekommen.

Eine Weile fuhren sie mit den Kindern an der Hand kleine, langsame Runden. Dann entdeckten Pauline und Max die Lernpinguine und wollten es damit alleine ausprobieren. Will und Sophie lehnten sich an die Bande und sahen zu. Es klappte ganz gut, und die zwei schienen Spaß zu haben.

Will stieß sich ab, fuhr eine kleine Runde und bremste dann kurz vor Sophie ab. »Sagtest du nicht, dass du eine gute Eisläuferin bist?«

»Nun ja, ich bin sicher nicht die Beste, aber...«

Er ließ sie nicht ausreden, sondern nahm ihre Hand und zog sie mit sich. Im ersten Moment war Sophie überrascht und fürchtete kurzzeitig, ihre einstigen Fähigkeiten verloren zu haben. Dann gewöhnte sie sich an das Gefühl des Eises unter ihren Füßen, und sie spürte wieder diese Freiheit und Unbeschwertheit ihrer Kindertage, als sie mit ihrem Vater auf dem See war. Sie konzentrierte sich auf ihre Beine und versuchte, die Hand auszublenden, die die ihre fest umklammert hielt. Immer schneller flogen sie dahin, und Sophie hätte am liebsten vor Freude laut gejauchzt wie Pauline es immer tat. Die Kinder waren zwischenzeitlich mitten auf dem Eis mit ihren Pinguinen stehen geblieben und sahen fasziniert zu, wie ihre Eltern eine Runde nach der anderen drehten. Schließlich dirigierte Will Sophie zu den beiden, um noch ein paar Runden um sie zu laufen. Dann stoppte er abrupt ab, machte eine letzte kleine Bewegung, und Sophie konnte nicht schnell genug bremsen und landete mit Schwung in seinen Armen.

»Will!« Sie lachte und sah ihn an. Er sah ihre geröteten Wangen, den leicht geöffneten Mund und die blitzenden Augen, und am liebsten hätte er sie einfach geküsst, hier und jetzt. Er atmete tief durch. Zeit, seinen Plan umzusetzen.

Er zwinkerte Max zu, und der nickte ernst. »Was macht ihr denn heute Abend, Pauline?«

»Wir gehen zum Gottesdienst, und wir essen Pfannkuchen, und das Christkind kommt.«

Max nickte wieder und sah zu Will. Der machte eine kurze Handbewegung, und Max fuhr fort. »Wir essen auch. Aber zur Kirche gehen wir nie.« Er sah Will an. Das war nicht abgesprochen, dennoch erschien es ihm wichtig. »Aber wir essen. Nur Papa und ich.«

Pauline reagierte, wie Will es sich erhofft hatte. »Wir sind auch alleine. Mama, können Max und Will nicht mit uns essen? Das wäre viel lustiger als nur wir zwei.«

Sophie warf Will einen unsicheren Seitenblick zu,

ehe sie antwortete. »Ich weiß nicht, Schätzchen. Heute ist ein ganz besonderer Abend, den man mit der Familie oder Freunden teilt...«

»Dann ist ja alles klar.« Pauline sah Max mit leuchtenden Augen an. »Du bist mein Freund. Mein bester, außer Claire, und die ist ja nicht da.«

Will hatte Sophie nicht aus den Augen gelassen, und als sie sich nun zu ihm umwandte, hob er scheinbar hilflos die Schultern. »Ich weiß, dass es ziemlich vermessen ist, so kurzfristig auf eine Einladung zu hoffen, aber vielleicht sollten wir Ihnen die Freude machen, wenn du nichts anderes vorhast?«

Sie schüttelte den Kopf. »Nein. Nein, ich habe nichts anderes vor, und es wäre nett, wenn ihr kommen würdet. Es gibt Pfannkuchen.« Jetzt war sie es, die entschuldigend mit den Schultern zuckte.

»Ich liebe Pfannkuchen.« Will grinste breit und zeigte Max hinter Sophies Rücken den erhobenen Daumen. Max grinste zufrieden zurück.

Als sie die Schlittschuhe zurückgegeben hatten, gingen sie in ein kleines Café und bestellten heiße Schokolade und Croissants. Sie umklammerten die Tassen und wärmten sich die Finger, die trotz der Handschuhe kalt und klamm waren. Max und Pauline plapperten aufgeregt und rätselten, was sie heute Abend wohl unterm Weihnachtsbaum finden würden. Will und Sophie saßen schweigend daneben.

Sophie war überrascht, wie sehr Will sich verändert hatte, welche Lebenslust und Energie er plötzlich verströmte. Sie hatte in den letzten Tagen öfters mit dem Gedanken gespielt, ihn und Max für heute Abend einzuladen, es aber immer wieder verworfen. Er machte nicht den Eindruck, ein großer Weihnachtsfan zu sein, und sie wollte ihn nicht in die Verlegenheit bringen, einen Abend verbringen zu müssen, der für ihn zur Qual werden würde. Umso mehr hatte sie sich über seine Reaktion eben gewundert, als Pauline ihn und Max spontan eingeladen hatte. Sie hätte schwören können, dass er nicht nur der Kinder wegen zugesagt hatte. Einen Moment, als er sie auf dem Eis im Arm gehalten hatte, hatte sie sogar gedacht, dass er sie küssen würde. Sie hätte nichts dagegen gehabt, das war ihr in diesem Moment klar geworden. Aber der Augenblick war verstrichen, und Will hatte sie aus seinen Armen entlassen, ohne dass etwas passiert war.

Sie spürte seinen Blick und sah auf.

»Ich glaube, die wollen dicht machen. Brechen wir auf?«

Kapitel 20

Sie hatten vereinbart, dass Will Sophie und die Kinder daheim absetzen würde und dann losfuhr, um die Weihnachtsgeschenke zu holen. Er hätte sie heute Morgen am liebsten gleich ins Auto gepackt, aber das wäre natürlich zu auffällig gewesen. Wenn alles so lief wie er hoffte, dann würde er sie jetzt zum letzten Mal alleine lassen, sei es auch nur für kurze Zeit.

Sophie nutzte Wills Abwesenheit um sich umzuziehen. Auch wenn sie heute Abend Pfannkuchen essen würden, so war doch Weihnachten. Sophie hatte schon heute Morgen die Kleider herausgelegt, ein rotes für Pauline, mit einem entzückenden weißen Bubikragen und weit schwingendem Rock, und für sich selbst ein schlichtes, schwarzes Spitzenkleid mit schmalen Ärmeln und einem enganliegenden Rock, der knapp über dem Knie endete. Sie drehte sich vor dem Spiegel und überlegte kurz, ob es zu festlich war. Nein, es war Weihnachten, und unter dem Weihnachtsbaum konnte man nicht festlich genug sein. Außerdem musste sie zugeben, dass sie Will gefallen wollte.

Sie hatte die ersten Pfannkuchen fertig und zum Warmhalten in den Ofen gestellt, als er endlich kam. Augenblicklich war sie froh, das Kleid angezogen zu haben. Will trug schwarze Hosen und ein schmal geschnittenes weißes Hemd. Er hatte auf eine Krawatte verzichtet und die obersten Knöpfe offen gelassen. Er war unbestritten ein attraktiver Mann.

»Sophie, du siehst wunderschön aus.«

»Danke.« Sie strich sich verlegen die Haare zurück.

Er hielt ihren Blick noch einen Moment fest, dann räusperte er sich. »Also, wohin damit?« Eine große Tüte baumelte an seinem ausgestreckten Arm, und Sophie zwinkerte kurz.

»Ins Wohnzimmer. Hier ist der Schlüssel. Ich musste Ella versprechen, es nicht vor der Bescherung zu betreten. Es ist ihre Weihnachtsüberraschung.« Sie holte ein Päckchen aus einem Küchenschrank. »Legst du das bitte auch noch dazu?«

Er nickte, nahm den Schlüssel und ging hinüber zur Wohnzimmertür, ein breites Grinsen im Gesicht. Ein Blick hatte genügt. Das Schildchen am Paket wies Max als Empfänger aus, und er wertete es als gutes Zeichen, dass sie ein Geschenk für seinen Sohn parat hatte.

Nach dem Essen machten sie sich zu Fuß auf den Weg zur Kirche. Die Luft war kalt, und es roch nach Schnee. Überall leuchteten Weihnachtsbäume in den Vorgärten, und in den Fenstern sah man Kerzen und Lichterglanz.

In der dunklen Kirche herrschte eine festliche Stimmung. Sophie stimmte ein in den Chor der Menschen, der inbrünstig Weihnachtslieder sang. Max hatte glänzende Augen und verfolgte andächtig das Krippenspiel. Pauline zappelte neben ihm aufgeregt in der Bank hin und her. Will lehnte sich zurück und ließ seine Gedanken schweifen.

Der Besuch des Weihnachtsgottesdienstes war eine ganz neue Erfahrung für ihn, und er musste zugeben, dass er es genoss. Die spärliche Beleuchtung, die funkelnden Weihnachtsbäume und die festliche Krippe erzeugten eine ganz eigene Magie. Er spürte Sophies Körper neben sich, ihre Wärme und den Geruch ihres Parfums, und plötzlich waren seine Gedanken ganz sicher nicht mehr tauglich für eine Kinderkrippenfeier und eine festlich geschmückte Kirche, als er sich ausmalte, wie der Abend enden könnte. Geschenke waren dabei die Nebensache. Eigentlich gab es nur ein Geschenk, das er wollte, und dieses Geschenk konnte nur Sophie ihm bereiten.

Wieder stimmte die Gemeinde ein Lied an, und dann wurden sie mit einem festlichen Weihnachtssegen entlassen. Als sie aus der Kirche traten, blieben sie einen Augenblick überrascht stehen. Den ganzen Tag hatte es nach Schnee gerochen, und jetzt tanzten kleine, feine Flocke durch die Luft.

»Es schneit«, jubelte Pauline. Die Kinder sprangen

ausgelassen herum und versuchten, mit ihren Zungen die winzigen Schneeflocken einzufangen.

Dann packte Pauline Sophies Hand. »War das Christkind schon da? Bestimmt war es schon da!«

Sie begann, ihre Mutter energisch hinter sich herzuziehen. Die Flocken wurden größer und dichter, während sie nach Hause gingen, und bildeten schon weiße Flecken am Wegrand.

Als sie endlich vor ihrem Haus angekommen waren, wartete die nächste Überraschung auf sie. Durch das Wohnzimmerfenster sahen sie die strahlenden Lichter des Weihnachtsbaumes, der vorher ganz sicher noch nicht beleuchtet gewesen war.

»Ich wusste es! Es war schon da!« Paulines Glück war perfekt.

Sophie sah Will an und zog eine Augenbraue hoch.

»Und es dachte, eine Zeitschaltuhr wäre eine gute Idee«, raunte er ihr ins Ohr. Verlegen nickte sie. Wills Nähe machte sie eindeutig nervös.

»Wow.«

Pauline und Max standen in der Wohnzimmertür und starrten auf die Pracht, die sich vor ihnen ausbreitete. Ella hatte ganze Arbeit geleistet. Der Baum war wunderschön, über und über behängt mit glänzenden Kugeln und Figuren. Rosie hatte einen großzügigen Mitarbeiterrabatt gewährt, und die Figuren aus der

Hütte 7 waren die prächtigsten am Baum. Max stürmte los, um die Geschenke in Augenschein zu nehmen, aber Pauline rief ihn zurück.

»Wir müssen erst singen. Wir singen immer erst.« Sie blickte zu Sophie, die verlegen nickte.

»Stille Nacht«, befahl Pauline und begann. Sophie und Max stimmten ein, und dann hob auch Will an, und sein wohlklingender Bass mischte sich in die hellen Kinderstimmen. Er stand so dicht neben Sophie, dass sie die Wärme seines Körpers spüren konnte, und einen Moment kam ihr Gesang aus dem Takt.

Dann endlich war Pauline zufrieden und beschloss, dass nun die Geschenke ausgepackt werden konnten. Sophie trat zu ihr und suchte mit ihr zusammen nach den Päckchen, die ihren Namen trugen. Sie war froh, dass sie Wills Nähe einen Moment entkommen konnte, denn ihr Körper schien eindeutig nicht mehr unter ihrer Kontrolle zu sein.

Paulines Freude über das heißersehnte Barbie-Schloss wurde nur übertroffen von Max' Freude über sein Lego-Bergwerk. Die nächste Stunde saßen sie alle auf dem Boden und waren damit beschäftigt, die neuen Spielsachen aufzubauen. Sophie spürte immer wieder Wills Blick auf sich, und sie war froh, dass er nicht sehen konnte, wie ihre Hände zitterten.

Kapitel 21

Endlich war das Schloss aufgebaut, und die Puppen konnten das neue Haus beziehen. Will hatte mit dem Lego mehr zu tun gehabt, aber er hatte es geschafft, alles soweit hinzubekommen, dass Max zufrieden war und begeistert sein Spiel aufnehmen konnte. Die Kinder hatten beschlossen, dass Barbie neben einem Bergwerk wohnte, und dass die Arbeiter ihre Freunde wären und mittags zum Essen ins Schloss kamen, um dann hinterher das Bergwerk zu besuchen. Sophie musste grinsen. So einfach konnte das Leben sein, wenn man noch jung und unbeschwert war.

Will hatte für Pauline eine Eislauf-Barbie gekauft, und sie war begeistert gewesen. Dann hatte sie alle Puppen geholt, die sie schon besaß, und das Schloss war bevölkert worden. Sophie sah gerührt zu, wie die Kinder miteinander spielten. Dann warf sie Will einen kurzen Seitenblick zu. Er schien noch immer vertieft in das Spiel der beiden Kinder. Langsam erhob sie sich und strich ihr Kleid glatt.

»Wie wäre es mit einem Glas Wein?«

Will sah zu ihr auf und nickte, ohne das Lego-Männchen loszulassen, das gerade mit seiner Hilfe eine Ladung Edelsteine auf einen Kippwagen verfrachtete. Sie ging in die Küche und nahm den Weißwein aus dem Kühlschrank, wo sie ihn heute Mittag platziert hatte. Ihr Handy lag auf der Arbeitsfläche und blinkte ihr aufgeregt entgegen. Sie zögerte kurz, dann nahm sie es auf. Hoffentlich nicht Christian, der wieder kurzfristig seine Pläne geändert hatte und nun doch Pauline holen wollte.

Die Nachricht war nicht von ihrem Exmann. Sie war von Ella, und Sophies Gesicht strahlte, als sie die Worte las.

»Er ist da! Frohe Weihnachten«.

Sie konnte es nicht fassen und las es noch einmal. Sie wusste, wer ›Er‹ war. Nur einer konnte ›Er‹ sein. Ella hatte also ihr Weihnachtswunder erlebt. Sophie hoffte aus ganzem Herzen, dass Ella und Claude nun endlich eine gemeinsame Zukunft hatten.

Als sie mit dem Wein und zwei Gläsern zurück ins Wohnzimmer kam, stand Will am Fenster und sah hinaus.

Sophie stellte die Flasche ab, füllte die Gläser und trat zu ihm.

»Frohe Weihnachten, Will.«

Er drehte sich zu ihr um, und sein Blick bescherte ihr eine Gänsehaut.

»Dir auch frohe Weihnachten, Sophie.«

Er nahm sein Glas entgegen und prostete ihr mit einer kleinen Geste zu. Einen Moment sahen sie schweigend aus dem Fenster. Der Schnee fiel jetzt in großen, dichten Flocken und hatte alles in eine weiße Wunderlandschaft verwandelt. Will nahm Sophies Glas und stellte es auf die Fensterbank.

»Sophie.« Seine Hand fuhr in seine Hosentasche und zauberte ein relativ kleines, quadratisches Geschenk hervor.

»Will.« Sie sah in verlegen an. »Ich habe gar nichts für dich.«

Er grinste und machte eine kleine Handbewegung.

»Ich will kein Geschenk von dir.«

Er hoffte auf etwas anderes, aber er würde noch warten. Sophie nahm die Schachtel aus seiner Hand und begann langsam, die Verpackung zu öffnen. Dann holte sie Luft und zog das Papier ab. Er ließ sie nicht aus den Augen, als sie die Schachtel öffnete und das Armband erblickte. Ein silbernes Armband, mit drei Figuren, ebenfalls silbern. Ein Weihnachtsbaum, ein Engel und ein Herz. Sie hob langsam den Blick und sah ihn an.

»Es gab leider kein Christkind, und ich dachte, der Engel kommt ihm am nächsten.«

Sophie nickte stumm. Der Engel interessierte sie nicht. Es war das Herz, auf dem ihr Blick ruhte.

»Es gibt noch unzählige dieser Figuren.« Er deutete vage in Richtung der Schachtel. »Schuhe und Handtaschen und Kinderwagen.«

Langsam kam er näher, einen Schritt nach dem anderen. »Ich muss zugeben, die Werbung, die dazu gemacht wird, hat mich überzeugt. Das Leben in einem Schmuckstück. Für jedes Ereignis das passende neue Teil.«

Jetzt war er so nahe, dass ihre Schultern sich fast berührten.

»Es sind ganz schön viele nötig, bis das Armband voll ist. Das dauert wahrscheinlich ziemlich lange.« Sophies Stimme klang belegt, und das leichte Lächeln war kaum zu erahnen.

»Genau darauf hoffe ich. Dass es lange dauert, meine ich. Ein ganzes Leben.«

Sein Mund war ganz nahe, und Sophie schloss die Augen. »Ich auch.«

Und dann küsste er sie endlich, und die Welt blieb einen Moment stehen. Erst als Pauline und Max so laut kicherten, dass sie es nicht mehr ignorieren konnten, lösten sich ihre Lippen voneinander. Verlegen sah Sophie zu ihrer Tochter. Wills Arme hielten sie immer noch umfangen. Pauline grinste mit Max um die Wette, und beide schienen sehr zufrieden mit dem, was sie da sahen.

Will zog Sophie noch etwas näher an sich.

»Der Schneefall wird immer stärker.«

Sophie sah in seine Augen, und ein Lächeln überzog ihr Gesicht.

»Ja. Ich weiß nicht, ob es eine gute Idee ist, bei diesem Wetter noch Auto zu fahren. Vielleicht solltest du das lieber nicht tun.«

»Ich fürchte, du hast Recht. Es wird mir also gar nichts anderes übrig bleiben, als bei dir zu übernachten.«

Und damit zog er sie erneut an sich und küsste sie. Für einen Augenblick hätte Sophie schwören können, Rosies lächelndes Gesicht vor sich zu sehen. Dann war es verschwunden, und alles, was sie noch wahrnahm, waren Wills Lippen auf den ihren, und seine Hände auf ihrem Körper. Im Hintergrund stimmte Mariah Carey »All I want for christmas is you« an, und Sophie wusste, dass sie von heute an nie mehr an Wundern zweifeln würde.

Impressum

1. Auflage Oktober 2015

Franziska Erhard

Rosenstr. 21

76337 Waldbronn

franziska.erhard@gmx.de

ISBN-13: 978-1517747251

ISBN-10: 1517747252

12702508R00075

Printed in Poland
by Amazon Fulfillment
Poland Sp. z o.o., Wrocław